www.b-books.co.kr

헌터 레볼루션

헌터 레볼루션

1판 1쇄 찍음 2020년 6월 19일
1판 1쇄 펴냄 2020년 6월 25일

지은이 | 정사부
펴낸이 | 정 필
펴낸곳 | (주)뿔미디어

편집장 | 문정흠
기획 · 편집 | 정대영

출판등록 | 2002년 9월 11일 (제081-1-132호)
주소 | 경기도 부천시 원미구 소향로 17번길(두성프라자) 303호 (우) 14544
전화 | 032)651-6513 / 팩스 032)651-6094
E-mail | bbulmedia@hanmail.net
비북스 | http://www.b-books.co.kr

값 8,000원

ISBN 979-11-6565-199-2 04810
ISBN 979-11-315-9849-8 04810 (세트)

BBULMEDIA FANTASY STORY

헌터 레볼루션

정사부 현대 판타지 장편 소설

13

1 . 영국의 지원 요청 … 7

2 . 흉켈의 선택 … 41

3 . 흉켈의 의수 … 73

4 . 2차 토벌과 위기의 미국 … 103

5 . 2차 토벌대의 던전 탐사 … 135

6 . 통과하니 미국? … 165

7 . 던전의 비밀 … 195

8 . 또 다른 지역과의 연결 … 227

9 . 몬스터의 행방 … 261

10 . 회담 … 291

1. 영국의 지원 요청

영국의 레딩이라는 도시는 한때 축구 명문 구단인 레딩 FC가 활약하던 곳이다.

하지만 대격변 이후 축구라는 스포츠는 쇠퇴하고 생존의 시대가 되면서 사람들의 관심에서 멀어졌고, 때문에 레딩도 자연스레 그 위세가 위축되었다.

한데 레딩은 시간이 흐르면서 축구로 이름을 알릴 때보다 더욱 발전하게 되었는데, 그 이유가 참으로 아이러니하게도 몬스터 때문이었다.

레딩 FC가 자리하던 구장을 포함한 지역에 커다란 몬스터 필드가 형성되면서 헌터들이 몬스터를 사냥하기 위해 이곳으로 몰려들었다.

대격변 이전에는 농산물이나 인쇄업, 양조업 등도 도시의 경제를 지탱하던 축 중에 하나였다.

하지만 대격변 이후엔 몬스터 산업으로 갈아타게 되었다.

현재 최고로 돈이 되는 건 역시나 몬스터와 던전이 관련된 사업들이었고, 그로 인해 레딩은 이전보다 더 크고 활발한 도시로 발전하게 된 것이다.

하지만 그것도 옛 영광으로 전락할 위기에 처했다.

그 이유는 바로 얼마 전 몬스터 필드 내에 커다란 던전이 발견되었기 때문이다.

사실 이미 필드가 생성된 지역이기에 헌터들이 다수 존재했고, 그에 대한 방비도 여타 도시보다 잘돼 있는 편이었다.

때문에 가벼운 마음으로 던전을 조사하기 위해 헌터들이 모여 들었는데, 얼마 지나지 않아 하나같이 연락이 두절되었다.

그렇게 개미지옥에라도 빠진 듯 한 팀, 한 팀 행방이 묘연해졌고, 그중에는 영국 국립 헌터 관리국 산하 조사원들도 포함되어 있었다.

그걸 가만히 지켜볼 수만은 없기에 실종된 조사원과 헌터들을 구조하기 위해 영국과 독일의 구조팀이 던전 안으로 들어갔지만, 그들 또한 연락이 두절되었다.

상황이 이렇게까지 흘러가자 양 정부에서 난리가 난 것은 당연한 일이었다.

서로 갑론을박을 하며 대책을 강구한 끝에 결국 대규모의 새로운 구조팀을 꾸리게 되었다.

하지만 그들로서도 무리였는지, 다시금 모든 통신이 끊기고 말았다.

모두가 포기한 그때.

극적으로 소수의 구조팀 소속 헌터들이 빠져나왔다.

그들이 정신을 차리고 전한 소식은 너무나도 충격적이었다.

"그, 그곳은 지, 지옥이었습니다!"

겁에 잔뜩 질려 말을 더듬는 구조팀의 힐러가 한 말이었다.

미국에서 발생한 재앙급 몬스터 웨이브만큼의 수는 아니었지만, 던전을 조사하기 위해 들어간 100여 명의 헌터들보다 더 많은 숫자의 몬스터가 존재하고 있다고 했다.

물론, 던전에 100마리 이상의 몬스터가 있는 것은 너무나도 당연한 일이었다.

그 탓에 그의 말을 들은 사람들은 무시했다.

하지만 그곳에 있는 몬스터들의 등급을 들은 뒤로는 그들의 표정을 싹 바뀌게 되었다.

예전에 재앙급으로 분류되던 몬스터가 상당수 포함되었기 때문이다.

그중에서도 특히나 놀란 것이 있었다.

대격변 이후 꾸준한 연구를 통해 몬스터의 습성을 어느 정도 파악했는데, 개중에는 약육강식이나 서로 사이가 좋지 않은 몬스터가 있었다.

한데 레딩에 새롭게 나타난 던전에서는 도저히 같은 공간에 있을 수 없는 몬스터들이 함께 있었다는 보고를 들은 것이다.

그 말을 들은 헌터 협회 관계자들이나 정부에서 파견된 관료들은 하나같이 경악을 하였다.

몬스터들도 생명체이기에 약한 것은 생존을 위해 집단을 이루고 강한 놈일수록 단독생활을 한다.

대표적으로 포비아라는 몬스터가 있었는데, 그들의 개체 하나하나는 따져 보면 2~3등급 사이에 있었다.

다만, 집단으로 생활하기에 6등급인 것이지 개별적으로만 보면, 오크보다 살짝 못하는 몬스터일 뿐이다.

하지만 그러한 몬스터가 천이나 만 단위로 그 숫자가 늘어난다면 얘기가 달랐다.

지구의 군단 개미와 비슷한 특성을 가지고 크기는 $1 \sim 2m$의 크기를 가지고 있는 몬스터이다 보니 그 존재만으로 공포 그 자체라고 말할 수 있었다.

그러다 보니 포비아가 분포하는 주변은 그 어떤 몬스터도 존재하지 않는다.

아무리 위험 등급이 높은 몬스터라 해도 어쩔 수 없었다.

재앙급이라고 할 수 있는 정도가 아니라면, 아무리 높은 등급의 몬스터라도 때로 덤비는 포비아에게는 결국 먹이로 전락하고 말았기 때문이다.

그런데 레딩의 던전에서 나온 헌터들의 이야기에는 이런 포비아가 등장하지 않았다.

개체의 위험 등급이 낮은 포비아와는 다르게 던전 안에 있던 몬스터들은 하나하나가 미국 텍사스에서 발생한 재앙급 몬스터 웨이브에 나온 몬스터만큼이나 높은 고위험군의 몬스터들로만 구성되어 있던 것이다.

이 때문에 던전에 들어간 조사원이나 헌터들은 몬스터들의 먹이가 되었다.

뿐만 아니라 이들을 구조하기 위해 구성된 영국과 독일의 헌터 100여 명도 대부분 몬스터들의 공격을 받아 전멸했다.

그렇게 겨우 몇 명만이 이러한 소식을 전하기 위해 탈출을 한 것이다.

이러한 사실을 뒤늦게 알게 된 영국 정부와 독일 정부는 비상이 걸렸다.

그도 그럴 것이, 영국은 미국처럼 크지 않았다.

한때는 해가 지지 않는 나라라 불릴 정도로 수많은 해외 영토를 가지며 세계 최강이라 불리던 때도 있었지만 이제는 아니다.

그저 단순한 섬나라.

만약 미국에서 발생한 몬스터 웨이브와 같은 상황이 발생한다면 영국은 이를 막아 낼 능력이 없었다.

독일이 함께하였기에 어느 정도 도움을 줄 수는 있겠지만, 한계가 분명했다.

더욱이 던전을 조사하기 위해 많은 숫자의 고위 헌터들이 던전에서 희생된 상태.

던전 안에 있던 몬스터들이 밖으로 뛰쳐나온다면 영국에는 대재앙이 펼쳐질 것이다.

그런 이유 때문에 영국에서 총리가 한국으로 날아오기까지 했다.

미국에서 발생한 재앙급 몬스터 웨이브에서 혁혁한 성과를 낸 아티팩트.

한국에서 파견된 헌터들이 사용하던 그 아티팩트를 구입하기 위해 다급히 비행기를 탔고, 영국과 손을 잡고 레딩의 던전을 탐사하던 독일에서도 가장 유명한 헌터인 발터 슈미츠가 함께해 아티팩트를 구입하려 하였다.

하지만 공식적으로 거행이 된 경매에서 아티팩트를 구입하는 것에 실패하여 낙담할 수밖에 없었다.

그러던 차에 재식이 그들에게 다가가 상황을 알 수 있었고, 덕분에 비밀 협상을 통해 상당 수량의 아티팩트를 구입할 수 있었다.

이는 한 치의 거짓도 없이 오로지 진실만을 이야기하며 호소했기에 이루어진 성과였다.

그렇게 어렵사리 72자루의 아티팩트를 구할 수 있었다.

비록 이번에 새롭게 선보인 개량된 성능의 아티팩트는 아니었지만, 발등에 불이 떨어진 영국의 입장에서는 이것저것 따질 겨를이 없었다.

*   *   *

많은 사람들이 던전 인근에 모여 초조하게 기다리고 있었다.

던전 안으로 헌터들이 들어간 지 하루가 지났다.

원래 계획은 어떻게 진행이 되건 간에 하루에 한 번씩은 던전에서 빠져나와 보고를 하기로 되어 있었다.

하지만 어찌된 일인지 하루가 지나고 한나절이 지나도록 헌터의 그림자도 비추지 않고 있어 지켜보는 관계자들의 눈에 걱정이라는 감정이 짙게 들어차기 시작했다.

"왜 이렇게 안 나오는 거야!"

발터 슈미츠는 초조한 눈으로 던전을 쳐다보며 소리쳤다.

그가 이렇게 초조하게 기다리는 이유는 바로 던전에 들어간 헌터 중 그의 막내아들인 흉켈 슈미츠가 포함되어 있었기 때문이다.

자신의 뒤를 이어 독일을 대표할 헌터가 될 것이라 믿어 의심치 않는 그 막내아들이었다.

그리고 그런 아들이 이끄는 슈타예거 소속 헌터들과 이들과 비슷한 실력으로 영국을 대표하는 헌터 조직인 로열 가드 전대가 함께 던전에 들어간 상황이었다.

한데도 아직까지 소식이 없으니 그로서는 애가 탈 수밖에 없었다.

"조금만 기다려 봐."

"후, 알겠네."

초조해하는 발터 슈미츠의 곁에서 영국 총리인 제임스 케리건이 비슷한 표정으로 친구를 위로하였다.

사실 영국 총리인 그 또한 아직 던전에서 나오지 않는 헌터들 탓에 초조해지는 건 마찬가지였다.

영국의 자랑인 로열 가드는 벌써 1개 전대가 전멸하였다.

　거기에 이번에 2개 전대가 몬스터 토벌을 하기 위해 던전 안으로 들어갔다.

　그나마 다행이라 생각하는 부분은 이번 토벌대에 S등급 헌터가 두 명이나 된다는 것이다.

　하나는 발터 슈미츠의 막내아들인 훙켈 슈미츠고 다른 하나는 로열 가드의 부단장이자 영국 왕실의 자랑인 헨리 윈저 왕자, 이렇게 두 명의 S등급 헌터가 토벌대와 함께하였다.

　아무리 S등급이라도 일국의 왕자가 위험한 던전으로 들어간다는 건 다른 나라에서는 쉽게 볼 수 없는 일이었다.

　한데 영국에서 이번 던전 토벌대에 왕자가 포함된 이유는 전적으로 로열 가드 2개 전대가 출동하는 것 때문이었다.

　영국 왕실의 무력인 로열 가드가 출동할 때는 언제나 그에 맞는 격식이 필요하다고 여겼고, 그 탓에 그들이 움직일 때는 고위급 인사가 함께 다녔다.

　보통 1개 전대가 출동할 때는 기사 작위를 가진 전대장이 로열 가드를 지휘한다.

　하지만 2개 전대 이상이 움직일 때는 이야기가 달랐다.

전대 간에 순서는 있어도 직위는 평등하기에 전대장 간의 주도권 문제도 있고, 또 로열 가드가 가진 무력이 결코 적지 않기에 자칫 정치적인 문제로 사고가 발생할 수도 있었다.

때문에 법적으로 2개 전대 이상의 로열 가드가 움직일 때는 왕족이 함께하게 되어 있었다.

그리고 로열 가드와 함께하는 왕족은 로열 가드에 복무하고 있는 왕족에 한해서라는 단서가 붙게 되었다.

이는 노블레스 오블리주에 의거한 왕족들의 의무이기도 했다.

하지만 그보다는 혹시나 있을지 모르는 쿠데타를 방지할 목적이 더욱 커 이러한 조항이 붙어 있는 것이었다.

그러다 보니 실력도 없는 왕족이 던전에서 수장 노릇을 해야만 했고, 그 탓에 로열 가드 일원들은 불만을 억지로 삼킬 수밖에 없었다.

한데 최근 왕실에 신의 축복이 있었는지, S등급 헌터가 탄생한 것이었다.

그동안에는 그저 명목상 왕족으로서 로열 가드의 충성을 받았는데, 헨리 원저 왕자가 헌터로서 최고의 영광인 S등급 헌터가 된 것이다.

덕분에 세 명의 S등급 헌터의 자리 중 하나를 차지하게 되었다.

그로 인해 영국 왕실은 점점 잃어 가던 국민의 지지를 다시 찾게 되었다.

그러한 일이 있다 보니 영국 총리의 걱정이 이만저만이 아니었다.

국민들의 지지를 받고, 차기 영국 국왕으로 유력시 되고 있는 헨리 윈저 왕자가 약속된 시간이 넘었음에도 돌아오지 않고 있다는 건 아주 중대한 일이었다.

그러다 보니 그의 옆에서 막내아들의 귀환을 기다리는 발터만큼이나 걱정이 컸다.

그럼에도 제임스 케리건 총리는 이를 겉으로 표시할 수가 없었다.

어찌됐든 독일은 이번 일에 도움을 주기 위해 참여한 것이다.

그러니 돌아오지 않는 아들을 걱정하고 있는 친구를 위로하는 게 먼저일 수밖에 없었다.

"어, 누가 나온다!"

초조하게 기다리던 중 누군가 고함을 질렀다.

'뭐?!'

누가 던전에서 나온다는 말에 발터 슈미츠나 제임스 케리건 총리의 고개가 돌아갔다.

획―

그리고 이내 던전 입구가 밝게 빛나며 누군가 나오는 모습이 두 눈에 포착이 되었다.

틱.

털썩.

던전에서 나온 이들은 하나같이 제 몸을 가누지 못하고 비틀거리다 입구 근처에 쓰러졌다.

자세히 보면 그들의 몸에는 붉고 푸른 얼룩이 한가득이었다.

뿐만 아니라 그들이 입고 있는 방어구들의 상태가 상당이 좋지 않았다.

여기저기 찢기고 구멍이 나 있어 저게 제대로 기능을 할까 싶을 정도로 망가져 있었다.

"움직인다!"

스르륵!

이윽고 입구에 쓰러져 있던 사람들이 비칠거리며 힘겹게 일어나 걸었다.

"설마 두 사람뿐인가?!"

"말도 안 돼. 저기에 몇 명이나 들어갔는데."

모두가 믿지 못하겠다는 듯한 표정을 짓고 있을 때였다.

우우웅—

작은 소리와 함께 뒤늦게 일단의 무리가 던전에서 나오기 시작했다.

이들이 처음 나온 두 사람이 쓰러져 있던 자리로 비칠거리며 나타났다.

그리고 그들이 자리에서 물러나자, 또 다른 사람들이 던전에서 나오기 시작했다.

이러한 모습을 멀리서 지켜보던 발터 슈미츠와 제임스 케리건 총리가 굳은 표정으로 이들에게 달려갔다.

다다다.

"왕자님!"

제임스 케리건은 던전 입구에 서서 나오는 헌터들을 독려하고 있는 헨리 윈저 왕자에게 다가가 그를 불렀다.

스윽.

하지만 헨리 윈저 왕자는 손을 들어 그의 접근을 막았다.

그러고는 계속해서 밖으로 나오고 있는 헌터들을 통제하였다.

'음!'

그러한 헨리 윈저 왕자의 모습에 제임스 케리건이나 발터 슈미츠는 아무런 말도 하지 못하고 조용히 그가 하는 모습을 지켜만 보았다.

너무나도 엄숙한 모습에 두 사람은 감히 그러한 헨리 윈저 왕자에게 말을 붙일 엄두를 내지 못한 것이다.

솔직히 무력으로만 따지만 꿀릴 것이 없었다.

비록 현재는 현역에서 물러났다고는 하지만, 두 사람도 엄현한 S등급의 헌터였다.

아무리 현역에서 물러나고, 실전을 치른 지 오래라고는 하지만, S등급은 허투루 얻은 것이 아니었다.

　객관적으로 따지면 헨리 윈저 왕자보다 두 사람의 무력이 어쩌면 더 높을지도 몰랐다.

　하나 엄숙한 표정으로 헌터들을 인솔하고 있는 헨리 윈저 왕자의 모습은 그러한 무력으로 재단할 수가 없었다.

　얼굴 한가득 묵직한 비애가 들어차 있었기 때문이다.

　그러한 탓에 두 사람도 헨리 윈저 왕자가 하는 일이 끝나기를 기다리기로 하고 조용히 지켜보기만 하였다.

　그렇게 얼마나 지났을까.

　아직 던전에서 나오지 않는 막내아들을 기다리는 발터 슈미츠의 심장은 너무나 빠르게 뛰어, 쪼이는 듯한 고통이 느껴졌다.

　발터 슈미츠는 그러한 고통을 참아 가며 기다리길 몇 시간, 아니, 며칠은 지난 듯한 기분이었다.

　하지만 사실 던전에 들어간 헌터들이 모두 나오는 데까지 걸린 시간은 그리 길지 않았다.

　그렇게 마지막 인원이 빠져나왔을 때.

　"아버지!"

　막 모습을 드러낸 훙켈 슈미츠가 던전 입구에 자신의 아버지가 서 있는 모습을 보고는 크게 소리쳤다.

　"오! 훙켈……."

막내아들이 던전에서 무사히 나온 것을 보고 막 그에게 달려가려던 찰나.

"……."

발터 슈미츠의 눈동자에 막내아들의 모습이 확, 들어찼다.

힘찬 목소리로 자신을 부른 아들의 외형이 이전과 다른 것을 확인했다.

던전에 들어갈 때까지만 해도 멀쩡하던 팔 하나가 보이지 않은 것이다.

"너, 너 어떻게 된 것이야!"

발터 슈미츠는 오른쪽 팔 하나가 팔꿈치에서부터 사라져 버린 것을 보며 소리쳤다.

그런 아버지의 고함에 흉켈 슈미츠는 입가에 씁쓸한 고소를 지어보였다.

그러고는 잃어버린 자신의 오른쪽 팔을 내려 보다가 고개를 돌려 대답하였다.

"날려 먹었습니다."

흉켈이 자신의 팔을 잃은 것을 담담히 대답하자, 지친 헌터를 통솔하던 헨리 윈저 왕자가 이들에게 다가왔다.

"흉켈은 저와 헌터들을 지키기 위해 한쪽 팔을 희생한 것입니다. 죄송합니다."

헨리 윈저 왕자는 진심이 담긴 목소리로 사죄하며 고개를 숙였다.

영국의 왕자가 고개를 숙인다는 것은 좀처럼 있지 않는 사건이었다.

하지만 진실한 모습으로 고개를 숙이는 헨리 윈저 왕자의 모습에 발터 슈미츠는 몸을 떨 뿐 아무런 말도 하지 못했다.

그 상태로 발터 슈미츠는 헨리 윈저 왕자와 한쪽 팔을 잃은 자신의 막내아들을 번갈아 보았다.

"허……."

아무리 S등급 헌터라 하지만, 한쪽 팔을 잃은 것은 너무나도 치명적이었다.

자신의 뒤를 이어 독일을 대표할 헌터가 될 것이라 믿어 의심치 않던 막내아들이다.

한데 이렇게 헌터로서 치명적인 부상을 당한 것이 어처구니가 없어 허탈한 한숨이 절로 나왔다.

물론 S등급 헌터가 부상을 당하더라도 금방 치료가 되는 편이다.

또 심각한 부상을 당하더라도, 아니, 신체 일부가 절단되어도 현대 의학이라면 충분히 절단된 신체를 붙이고 재활을 통해 부상에서 나을 수 있을 것이었다.

하지만 흉켈 슈미츠의 부상은 그러한 것과는 궤가 달랐다.

흉켈의 부상은 절단이 아닌 몬스터에게 먹혀 버린 것.

그러다 보니 가져다 붙일 팔이 없었다.

다행히도 목숨은 건졌지만, 헌터로서 한쪽 팔이 없다는 것은 치명적인 약점이었다.

그것이 아무리 헌터의 정점에 있는 S등급 헌터라 해도 말이다.

더욱이 흉켈의 주 무기는 중병에 속하는 창이었다.

그런데 한쪽 팔이 없기에 창을 사용하는 데 무리가 간다.

만약 흉켈의 주무기가 한 손 검이었다면, 이야기가 달라질 수도 있었다.

물론 한계가 있기는 하지만, 한 손 검이라면 연습을 통해 충분히 사용할 수 있게 숙련될 수 있었다.

하지만 무거운 창은 그것과는 확연히 다르다.

그렇기에 한쪽 팔을 잃은 아들을 보는 발터 슈미츠의 표정이 좋지 못했다.

"너무 걱정하지 마세요. 요즘 의수가 성능 좋게 잘 나오잖아요."

자신을 보며 일그러지는 아버지의 표정에 흉켈은 빙그레 웃으며 말을 하였다.

하지만 말을 하는 그의 목소리는 밝은 표정과는 다르게 살짝 떨리고 있었다.

*   *   *

똑똑똑.

"들어와요."

사무실 밖에서 노크하는 소리가 들리자, 재식은 들어오라는 말을 하였다.

길드장으로서 그가 하는 일은 별로 없는 편이었다.

그렇기에 평소 이곳 정령사 양성 학교에서 시간을 보내고 있는 중이었고, 그러다 보니 자신을 찾는 사람은 별로 없었다.

한데 이렇게 노크를 하는 것으로 봐선 어딘가에서 연락이 온 것 같았다.

"무슨 일이죠?"

재식이 사무실 안으로 들어오는 사람을 보며 질문을 하였다.

"길드장님, 헌터 협회에서 연락이 왔는데, 영국에서 지원 요청이 들어왔다고 합니다."

정령 학교 직원인 그는 언체인 길드장이자, 이곳 정령사 양성 학교의 이사장인 재식을 보며 조심스럽게 대답을 하였다.

"영국에서 지원 요청이 왔는데 그것을 왜 제게 알리는 거죠?"

영국에서 헌터 협회로 요청이 왔다는 대답에 재식은 의아한 표정으로 직원에게 물었다.

재식도 영국이란 대답에 무엇 때문에 헌터 협회로 지원 요청이 들어왔는지는 짐작할 수 있었다.

하지만 어째서 헌터 협회가 소속원이 아닌 자신에게 보고를 하는 것인지 이해할 수가 없었다.

"그게 영국 총리께서 이사장님과 언체인 길드를 콕 집어 지원 요청을 했다고 합니다."

'음⋯⋯.'

재식은 직원이 들려준 그 대답에서 헌터 협회가 무엇 때문에 자신에게 영국에서 온 지원 요청에 대해 알린지 깨달을 수 있었다.

그런데 조금 이상하다는 생각이 들기도 했다.

재식이 의아하게 생각하는 것은 전에 레딩의 던전을 토벌하기 위해 약간의 이야기를 들은 것이 있었기 때문이다.

분명 그때 영국 총리는 영국 최고의 헌터 조직인 로열 가드 2개 전대와 독일의 슈타예거 제3전대, 그리고 지원 공대까지 해서 200여 명의 최고급 헌터 전력을 던전 토벌에 투입한다 말했다.

또한 토벌에 참가하는 헌터들을 지휘하기 위해 영국에서는 S등급 헌터로 알려진 영국의 왕자가, 독일에서는 발터 슈미츠의 막내아들인 홍켈 슈미츠가 함께한다고 했다.

S등급 헌터 두 명과 최고급 헌터.

그렇게 구성된 200여 명의 헌터가 던전 내 몬스터 토벌을 위해 들어가고, 또 거기에 자신이 만든 아티팩트까지 가지고 들어갔다.

그런데 한국에 지원 요청이 들어왔다는 소리는 성공적으로 던전 토벌이 이루어지지 않았다는 소리와 마찬가지.

재식은 솔직히 아무리 던전 내 몬스터가 많고, 또 놈들의 위험 등급이 높다고 해도 그 정도 전력이면 충분할 것이라 판단을 내렸다.

일전에 성공적인 경매를 축하하는 파티에서 영국 총리인 제임스 케리건과 독일의 슈타예거의 총대장인 발터 슈미츠가 입을 모아 한 말이 있었다.

던전의 난이도가 미국에서 발생한 재앙급 몬스터 웨이브에 못지않다고 이야기였다.

하지만 평지에서 벌어지는 몬스터 웨이브와 던전에서 많은 몬스터가 운집해 있는 것은 솔직히 그 난이도에서 차이가 있었다.

아무리 높은 등급의 몬스터가 던전 내에 많이 존재한다고 할지라도 몬스터 웨이브처럼 한데 뭉쳐 있지는 않을 것이기 때문이다.

그런 의미에서 보면 몬스터를 사냥하는 데 들어가는 난이도는 몬스터 웨이브에 비해 확 줄어든다.

그러니 200여 명의 고위 헌터와 두 명의 S등급 헌터가 참여한다는 것, 그리고 자신이 만든 72자루의 아티팩트라면 충분하리라 생각했다.

실제로 그러한 판단이 결코 성급한 예단이라고 확언할 헌터는, 아니, 몬스터에 대해 조금이라도 아는 사람은 절대 그렇게 말할 리가 없었다.

하지만 재식의 예상은 보기 좋게 빗나가고 말았다.

"협회에서 전하길 토벌은 실패했고, 독일의 S등급 헌터인 홍켈 슈미츠가 부상을 당했다고 합니다."

"네? 아니, 그게 정말입니까?"

재식은 직원이 전해 주는 말에 깜짝 놀랐다.

홍켈 슈미츠는 그도 한 번 보았다.

자신에게는 미치지 못하지만, 새롭게 S등급이 되어 현재 열심히 몬스터 헌팅을 하며 실력을 키워 가는 최수형보다는 훨씬 강한 사람이었다.

지금까지 재식은 모두 다섯 명의 S등급 헌터를 보았다.

최초로 본 것은 대한민국 세 번째 S등급 헌터인 괴물 백강현이고, 그 다음으로 본 것은 친구인 최수형이다.

물론 최수형은 지금까지 본 S등급 헌터 중 최약체였다.

이는 S등급에 오른 것이 최근이기 때문이라 논외로 치

고, 나머지 세 사람은 바로 아티팩트 경매를 하기 위한 자리에서 본 발터 슈미츠와 제임스 케리건, 그리고 홍켈 슈미츠다.

이들 다섯 명의 S등급 헌터 중 최강은 이미 현역에서 물러난 발터 슈미츠였다.

그 다음이 바로 한때 재식에게 죽을 것만 같은 아득한 공포를 준 백강현이었다.

그런 백강현보단 약하고 영국의 총리인 제임스 케리건보다는 조금 강할 것이라 느껴진 존재가 바로 발터 슈미츠의 아들인 홍켈 슈미츠였다.

그런데 그런 홍켈 슈미츠가 함께 했는데도 던전 토벌은 실패했고, 거기에 홍켈 슈미츠가 부상까지 당했다고 한다.

부상 정도가 어느 정도인지는 알 수는 없지만, 영국 레딩에 있는 던전의 난이도는 자신이 생각하는 것보다 훨씬 높을 것이 분명했다.

이 때문에 재식은 심각한 표정이 되었다.

던전이란 장소를 생각하면, 분명 영국과 독일이 손을 잡고 투입한 전력은 결코 약하지 않았다.

아니, 과하다 할 수 있을 정도로 많은 전력을 투입했다.

두 명의 S등급 헌터와 200여 명의 고위급 헌터, 그것도 재앙급 몬스터를 토벌한 경험이 있는 로열 가드와 슈타예거의 정예들이 3개 전대나 투입된 것이다.

이는 웬만한 국가의 헌터 전력과 맞먹는 규모라 할 수 있을 정도.

그런데 실패를 했다는 것은 전에 제임스 케리건 총리가 한 말조차 제대로 된 정보가 아니라는 소리가 되었다.

'던전인데 재앙급 몬스터 웨이브에 버금갈 수도 있나?'

아무리 궁리를 해 봐도 도저히 이해가 가지 않았다.

'아무래도 직접 알아봐야 할 것 같군.'

결심이 선 재식은 바로 자리에서 일어났다.

*　　　*　　　*

실내는 바늘 하나만 떨어져도 소리가 들릴 정도로 조용했다.

여러 명의 사람들이 모여 있음에도 모두 심각한 표정이 되어 어느 누구도 함부로 말을 하지 않고, 뭔가 커다란 고민을 하고 있었다.

똑똑.

"들어와."

덜컹.

노크와 동시에 문이 열리며 젊은 여성이 안으로 들어와 보고를 하였다.

"한국에서 지원군이 도착했습니다."

드르륵—

타타타탁.

한국에서 지원군이 왔다는 소리에 방 한가운데 앉아 있던 제임스 케리건과 발터 슈미츠는 누가 먼저라 할 것 없이 자리에서 일어나 밖으로 뛰어갔다.

"총리님!"

"전단장님!"

방에 남아 있던 영국 관료들과 독일의 관료들은 황망히 밖으로 나가는 두 사람을 불렀다.

하지만 밖으로 뛰어가는 두 사람은 뒤도 돌아보지 않고 보고를 한 여성을 앞세워 한국에서 온 지원군을 맞이하기 위해 나갔다.

"일단 우리도 따라 나가 보자고!"

뒤에 남은 사람들은 어쩔 수 없다는 듯하다는 표정으로 이야기하고는 자리에서 일어나 두 사람이 나간 길을 따라갔다.

*　　　*　　　*

타다다다!

커다란 헬리콥터가 착륙장에 착륙하고, 이내 문이 열렸다.

헬기의 육중한 몸체만큼이나 많은 사람들이 그 안에서 쏟아져 내렸다.

한 번에 60여 명을 수송할 수 있는 대형 수송 헬기 세 기에서 헌터들이 내렸다.

황색의 피부에 검은 머리를 한 동양인들이 헬리콥터에서 내리는 모습은 이를 지켜보는 사람들의 눈을 사로잡았다.

그리고 그런 사람들의 시선이 한곳으로 집중되었다.

다른 사람들보다 머리 하나는 더 커 보이는 사내의 등장에 지켜보던 사람들은 자신도 모르게 뒤로 한 걸음 물러나며 감탄을 하였다.

'헛!'

타다다다!

런던에서부터 사람을 태우고 온 헬리콥터들은 사람들이 모두 내리자 다시 원래 있던 곳으로 돌아갔다.

저벅저벅.

헬기에서 내린 사람들이 걸어오자, 건물 밖으로 나온 제임스 케리건 총리가 다가가 악수를 청했다.

"와 주셔서 감사합니다, 미스터 정."

제임스 케리건 총리는 한국에서 헌터들을 인솔해 온 재식을 보며 반갑게 맞았다.

자신보다 한참이나 나이가 어린 재식을 보면서도 너무나도 정중하게 환영을 하였다.

그가 아무리 한 국가의 총리이고, 또 S등급 헌터라 하지만 재식은 자신의 요청으로 자신들을 구원해 주러 온 지원군이었다.

이곳 레딩에서 발견된 던전은 자신들이 예상한 것을 한참 뛰어넘는 위험한 곳으로, 언제 그 안에 있는 몬스터들이 던전 밖으로 뛰쳐나올지 모르는 상태였다.

그런데 현재 영국의 전력은 예전에 비해 3할 정도밖에 남지 않았다.

영국에 존재하는 두 명의 S등급 헌터 중 한 명인 헨리 윈저 왕자가 이곳 던전을 토벌하기 위해 참여하다가 부상을 당했다.

겉으로 봐선 별다른 이상은 없었지만, 정밀 검사 도중 내부에 심각한 부상이 발견되어 집중 치료를 받고 있었다.

물론 며칠 뒤면 합류가 가능하겠지만, 현재로서는 부상으로 빠진 상태라 전력 외였다.

그리고 남은 한 명은 총리인 자신이기에 참여할 수 없는 건 당연한 일.

그러다 보니 현재 레딩의 던전을 토벌하는 데 영국의 헌터 전력으로는 불가능했다.

　또 독일이 도와주고 있기는 하지만, 솔직히 영국의 입장에서 더 이상 무언가를 요구하기도 애매한 입장에 놓였다.

　그도 그럴 것이, 독일은 영국을 도와주기 위해 보낸 헌터는 물론이고, 최고의 전력이라 할 수 있는 S등급 헌터를 한 명 잃었다.

　아니, 정확하게는 한쪽 팔을 잃어 S등급의 헌터로서의 힘을 잃었다고 하는 표현이 맞을 것이다.

　더욱이 한쪽 팔을 잃어 주력 무기를 사용할 수 없게 되었다.

　그가 다시 전력으로 복귀를 하기까지는 시간이 한참이나 걸릴 것이 분명했고, 돌아온다 하려도 예전 같은 전투력을 보이기는 사실상 불가능했다.

　그렇기 때문에 영국은 더 이상 독일에 더 많은 지원을 해 달라는 부탁을 할 수가 없었다.

　그래서 어쩔 수 없이 타국에 도움을 요청했는데, 같은 유럽에 있는 국가들은 하나 같이 영국의 요청을 거절했다.

　그 거절의 내용도 가지가지였지만, 대체적으로 공통된 내용은 바로 교황청의 반대에도 불구하고 영국이 한국으로 갔다는 것이었다.

그들은 영국이 아티팩트 경매에 참가한 것이 유럽 공동체, 즉 EU의 뜻에 거슬렀다는 명분이었는데, 생각해 보면 참으로 어처구니없는 핑계라 할 수 있었다.

인류의 적인 몬스터를 상대하기 위함인데, 아티팩트를 대량으로 구매하여 전투를 준비하는 것이 뭐가 잘못이라고 말하는 것인지 참으로 터무니없는 명분이었다.

그러다 보니 독일을 제외한 유럽 연합의 행태에 영국은 실망을 하는 것을 넘어 분노했다.

하지만 그렇다고 해도 영국으로서는 어쩔 도리가 없었다.

도움을 요청하는 입장에서 다른 나라가 도움을 주지 않겠다는 것에 왈가왈부할 수는 없는 노릇이니 말이다.

그 시간에 자신을 도와줄 수 있는 곳을 찾는 것이 더 이득이란 생각에 급하게 한국에 도움을 요청했다.

한국은 이미 한 차례 미국에서 벌어진 재앙급 몬스터 웨이브에도 도움을 준 전례가 있었다.

그들이 미국을 도운 이유는 오랜 동맹이라는 것.

물론 그것만이 지원을 해 준 이유는 아니겠지만, 영국으로서는 지푸라기라도 잡아야 하는 입장이기 때문에 일단 질러 보자는 마음으로 한국에 도움을 요청하였다.

오래전 한국에서 전쟁이 있을 때 파병을 해 준 인연이 있기에 영국 총리는 물론이고, 국가의 얼굴인 여왕까지 나서서 한국 정부와 헌터 협회에 도움을 요청했다.

그렇게 절실히 원하던 한국의 지원군이 오늘 이렇게 온 것이었다.

미국에서 최고의 활약을 한 그들이 더욱 많은 전력과 함께 영국으로 왔으니, 영국 총리인 제임스 케리건이 이렇게 급히 달려와 맞이하는 것도 어쩌면 당연한 결과였다.

더욱이 그가 맞이하는 사람은 지구 최강이라 불리는 헌터였다.

재앙급 보스 몬스터를 홀로 상대할 수 있는 인류 최강인 유일한 헌터이자, S등급 헌터 중에서도 독보적인 위치에 있는 이가 바로 재식이었다.

"굳이 이렇게까지 맞이하지 않으셔도 되는데……."

너무나도 반갑게 맞아 주는 제임스 케리건 총리의 모습에 재식은 살짝 부담이 되어 중얼거렸다.

그도 그럴 것이, 지금 자신을 바라보고 있는 사람들의 시선이 거의 수백은 되어 보였기 때문이다.

하지만 그런 재식의 말을 듣지 못했는지, 제임스 케리건이 손을 잡고 열렬이 환영하는 걸 멈추지 않았다.

"어서 오시게!"

뒤이어 발터 슈미츠도 재식을 보며 환영 인사를 하였다.

"발터 총대장님도 계셨군요."

제임스 케리건에 이어 발터 슈미츠를 발견하자, 재식은 그에게도 인사를 하였다.

"일단 안으로 들어가지."

재식과 간단한 인사를 끝낸 발터 슈미츠는 그를 조금 전 있던 회의실로 안내하려고 하였다.

하지만 그런 발터 슈미츠의 계획은 제임스 케리건 총리의 제지로 인해 실패하였다.

"뭐가 그리 급해. 일단 지원 온 분들을 숙소로 안내부터 해야지."

"이런, 내가 마음이 급했군그래."

발터 슈미츠는 자신이 너무나도 성급했다는 판단에 얼른 사과하였다.

"아닙니다. 일단 저희 길드원들은 숙소로 안내해 주시고, 저와 한국 헌터 협회에서 나온 관계자들은 지금 바로 회의에 참석하는 것으로 하죠."

재식은 발터 슈미츠가 무엇 때문에 이렇게 급하게 움직이는 것인지 알기에 간단하게 교통정리를 하였다.

사실 그도 던전에 대한 정보를 보다 자세하게 들을 필요가 있었다.

그렇기에 숙소를 안내받기보다는 먼저 몬스터에 대한 정보를 듣는 것이 더 좋아 그리 말을 한 것이었다.

"그렇게 말을 해 준다면야 우리야 고맙지."

재식의 이야기에 제임스 케리건 총리도 표정이 밝아지며 누군가를 불렀다.

"윌리엄, 여기 지원 오신 분들을 숙소로 안내해 주게나."

"예. 알겠습니다, 총리님."

  제임스 케리건의 보좌관인 윌리엄 쉐인은 얼른 재식의 뒤로 도열하고 있는 언체인 길드의 헌터들을 인솔해 그들이 머물 숙소로 안내하였다.

  그렇게 재식과 몇몇 언체인 길드의 간부와 한국의 헌터 협회에서 나온 이들 몇 명만이 제임스 케리건 총리를 따라 회의실로 향했다.

2. 휴켈의 선택

저벅저벅.

척! 척!

다수의 헌터들이 던전 입구로 걸어가 멈춰 섰다.

그들 중 일부는 흰색 바탕에 붉은 사자 문양이 들어간 엠블럼이 박힌 새까만 강화복을 입고 있었고, 또 다른 무리는 금속 재질의 강화복을 입고 있었다.

"흉켈."

흰색의 강화복에 붉은 사자 문양을 가슴에 세기고 있는 헨리 원저 왕자가 슈타예거의 제3단장이자 차기 전단장으로 예정된 흉켈 슈미츠를 불렀다.

"왜?"

자신을 부르는 사내에게 흉켈은 퉁명스럽게 대답을 하였다.

"굳이 이렇게 뭉쳐 다닐 필요가 있을까?"

영국 왕족이며 최고 무력 기관인 로열 가드의 부단장 헨리 윈저는 자신의 뒤를 따르고 있는 로열 가드들을 보며 그렇게 물었다.

현재 이곳에 모인 이들은 영국과 독일에 존재하는 헌터 중 가장 강한 이들 중 고르고 고른 자들이었다.

특히나 흉켈 슈미츠가 이끄는 슈타예거 제3전대나 헨리 윈저의 뒤에 도열하고 있는 로열 가드 2개 전대의 경우에는 이들만으로도 재앙급 몬스터를 충분히 사냥할 수 있을 정도였다.

슈타예거와 로열 가드 말고도 다른 헌터들도 있었는데, 그들 또한 영국과 독일에서 손에 꼽히는 강자들이었다.

거기에 더해 이들은 얼마 전 한국에서 대몬스터용 아티팩트를 대량으로 구입하였다.

비록 72자루의 아티팩트를 전량 가져온 것은 아니지만, 이번 토벌에만 무려 50자루의 아티팩트가 동원되었다.

막말로 아무리 등급이 높은 던전이라 하지만, 과해도 너무 과하다는 생각이 들 정도로 이번 토벌대의 전력은 막강했다.

그러다 보니 헨리 윈저의 입에서 뭉쳐 다닐 필요가 없다는 말이 나오는 것이었다.

　"헨리, 네가 무슨 생각을 하고 있는지는 알겠지만……."

　흉켈 슈미츠는 말을 하다 말고 자신의 뒤를 따르고 있는 헌터들을 잠시 돌아보다 다시 헨리 윈저 왕자를 쳐다보며 이야기를 계속했다.

　"우리가 아무리 헌터로서 정점이라는 S등급이라지만, 몬스터를 상대로 방심을 하면 큰 낭패를 볼 수도 있다. 이건 너도 알잖아."

　"그건 나도 알지."

　흉켈은 오랜 시간 몬스터 헌팅을 하면서 많은 것을 보았다.

　눈앞에 있는 영국의 왕자 헨리 윈저는 로열 가드의 보살핌 속에서 화초처럼 키워져 왔다.

　하지만 흉켈은 그와 달랐다.

　같은 S등급 헌터라 해도 아버지 발터 슈미츠를 따라 밑바닥부터 밟고 올라와 지금의 경지에 올랐다.

　그 과정에서 수많은 헌터들을 보았고, 그중에는 S등급 헌터에 오를 정도의 재능을 가진 헌터도 여럿 보았다.

　하지만 그들 중 정상적으로 S등급에 오른 헌터는 극히 드물었다.

　그렇게 S등급에 오른 헌터가 드문 이유는 다름 아닌 방심 때문이었다.

방심, 너무나도 재능이 뛰어나다 보니 그들은 몬스터를 상대할 때 선배들이 들려주던 경고를 잊었다.

몬스터는 아무리 약한 최하급 등급의 몬스터라도 변수를 만들 수 있으니 절대 방심을 하지 마라.

그것은 몬스터 헌터가 되면서 가장 먼저 듣는 이야기였다.

그럼에도 불구하고 재능이 뛰어난 헌터들은 빠르게 레벨을 올리고 헌터 등급이 올라가면서 자만에 빠지게 되었다.

너무나도 쉬운 몬스터 헌팅으로 인해 그러한 주의 사항을 잊고 방심하다 몬스터의 반격에 어처구니없게 최후를 맞았다.

만약 죽지 않고 극적으로 생명을 구한다 하더라도 심각한 부상으로 인해 움직임이 힘들 것이었다.

즉, 몬스터 헌터로서의 최후를 맞는다는 것이다.

그렇게 한순간의 방심으로 S등급 헌터에 이르지 못하고 부상을 당하거나 혹은 생명을 잃은 헌터가 부지기수였다.

그래서 흉켈은 그들을 반면교사 삼아 절대로 몬스터를 상대로 방심을 하지 않고 최선을 다했기에 지금의 경지에 올랐다.

그에 반해 영국의 왕자인 헨리 윈저는 흉켈과는 다른 방법으로 S등급 헌터가 되었다.

태생이 왕족이다 보니 그들을 지키는 로열 가드들의 보살핌 속에서 자랐다.

그러다가 성장을 하면서 S등급 헌터로서 자질이 발견된 뒤 로열 가드에게 헌터 교육을 받았다.

그렇게 엘리트 중의 엘리트인 로열 가드들의 교육을 받으며 쉽게, 쉽게 레벨을 올리고 등급을 올렸다.

왕실의 의뢰를 받아 헌터들이 생포해 온 몬스터의 전투력을 최대한 낮춘 상태에서 실전을 치르고, 조금이라도 위험할 것 같으면 근처에 있던 로열 가드가 대신 막아 주었다.

이렇게 다른 사람들의 보살핌 속에서 운이 좋게도 헨리 윈저는 S등급의 헌터가 되었다.

생명의 위협을 느끼며 각성하는 다른 S등급 헌터들과 다르게 헨리 윈저는 막말로 타고난 재능만으로 S등급 헌터가 된 아주 특이한 이력을 가진 존재다.

재능만 따지면 S등급 헌터 중 손에 꼽을 정도로 뛰어난 재능을 가진 사람이 바로 헨리 윈저일 것이다.

그런데 이렇게 방심을 하고 있는 모습을 보노라면, 적잖은 불안감이 들어 주의를 주었다.

"많은 헌터가 이 던전에 들어갔다 돌아오지 못했다."

흉켈은 지금도 방만한 표정으로 자신을 보고 있는 헨리 원저를 보며 미간을 찌푸리며 이야기를 하였다.

"하하, 방금 말했다시피 나도 알고 있네. 무슨 말을 하려는 것인지 알았으니 그만하자고."

헨리 원저는 친구이자 경쟁자인 흉켈 슈미츠의 말에 손을 휘저으며 대꾸를 하였다.

"누가 독일인 아니라 할까봐 깐깐하긴⋯⋯."

뒤에 이어지는 말은 혼자서 작게 중얼거리듯 이야기를 하였지만, S등급 헌터인 흉켈, 아니, 7등급 헌터들인 주위에 있는 많은 헌터들이 헨리 원저의 말을 들었다.

하지만 어느 누구도 그런 헨리 원저에게 아무런 말도 하지 않았다.

그도 그럴 것이, 헨리 원저는 단순한 헌터가 아니라 누가 뭐래도 헌터 중 최고인 S등급 헌터였기 때문이다.

"어찌되었든 이번 토벌대 총책임자는 내가 되었으니, 내 말을 따라 주기 바란다."

흉켈은 헨리 원저가 어떤 성격인지 알고 있기에 더 이상 말을 하지 않고서, 뒤에 도열한 헌터들을 보았다.

그런 흉켈의 눈빛에 도열해 있던 헌터들은 속으로 작게 신음을 하였다.

조금 전까지와는 다르게 무척이나 굳은 표정이 되었기 때문이다.

"던전 안이 어떤 상황인지 아무도 알지 못한다. 다만……."

흉켈 슈미츠는 비장한 목소리로 헌터들에게 연설을 하였다.

"나와 헨리가 함께한다고 해도 절대로 방심하지 마라!"

"예!"

헌터들은 흉켈의 당부에 크게 대답을 하였다.

"그럼 슈타예거부터 던전 안으로 들어가 진형을 잡는다, 출발!"

"예, 마스터!"

흉켈의 직속 부대인 슈타예거 제3전대는 짧게 대답을 하고 자신들의 무기를 들고 던전 안으로 향했다.

그렇게 슈타예거가 던전 안으로 들어가고 그 다음으로 로열 가드들이 던전 안으로 들어갔다.

2개 전대가 동원된 토벌이기에 그들은 각자 숙지한 대로 차례로 던전의 입구를 통과했고, 슈타예거와 로열 가드를 보조하기 위해 동원된 헌터들도 그들이 모두 들어가자 긴장된 표정으로 뒤따랐다.

＊ 　 　 ＊ 　 　 ＊

꾸워억!

"물러나지 마!"

"죽여!"

쾅쾅!

퍽, 퍼억!

끄어억!

너른 광장, 헌터와 몬스터들이 한데 뒤엉켜 전투를 벌이고 있다.

몬스터와 헌터, 헌터와 몬스터.

그들은 서로를 죽이겠다는 필살의 각오로 서로를 적대하며 싸웠다.

흉켈은 자신의 앞에 있는 몬스터를 상대하면서도 주변을 끊임없이 살폈다.

"여유가 있는 사람이 저기 몬스터에 꽂힌 창을 빼 몬스터에게 던져!"

막 상대하던 몬스터를 죽였을 때, 다음 적을 찾기 위해 주변을 둘러보는 헌터를 보며 소리쳤다.

처음 던전 안에 들어왔을 때는 체계적으로 움직이던 헌터들이었으나, 지금은 슈타예거와 로열 가드, 그리고 일반 헌터들 할 것 없이 뒤엉켜 몬스터를 맞상대하고 있었다.

몬스터를 처음 상대할 때까지만 해도 이렇게까지 난잡한

전투가 벌어질 줄은 던전에 들어온 어느 누구도 예상하지 못했다.

하지만 던전 깊숙이 들어와 전투가 벌어지면서 상황이 바뀌었다.

던전은 이들이 생각하던 것보다 넓고 또 복잡했다.

그러다 어느 순간 헌터들은 몬스터에게 둘러싸이게 되면서 난전이 벌어졌다.

그 때문에 몬스터를 상대로 준비한 창 아티팩트는 제 위력을 발휘하지 못하였다.

애초에 창 아티팩트는 서로 전열을 정비하고 있고, 대치할 때 효력이 극대화되는 무기였다.

한데 사방에서 몰려오는 듯한 기습 공격을 받다보니, 그저 위기 상황에 작은 틈을 만드는 정도의 역할밖에 하지 못하게 된 것이었다.

그나마 작은 틈이라도 만들어 주면서 헌터들에게 몬스터에 대항할 시간을 벌어 주었다.

하지만 그것도 언제까지 지속될 순 없었다.

전투가 계속되면서 어디서 나오는 것인지 모르게 몬스터들은 꾸역꾸역 광장으로 몰려들었고, 급기야 헌터들은 몬스터에게 포위가 되어 버렸다.

"로열 가드가 전위를 맡고, 슈타예거는 로열 가드 사이사이에 위치해 2선으로 빠진다. 다른 헌터들은 슈타예거의 뒤로 가 빈틈을 메워라!"

훙켈은 이대로 가다가는 헌터들이 전멸할 것이라 판단하고 빠르게 지시를 내렸다.

방어에 특화된 로열 가드를 전위에 세우고 방어보다 공격에 조금 더 뛰어난 슈타예거를 로열 가드들의 사이에 둔 이유가 있었다.

로열 가드들이 몬스터의 공격을 막아 내면, 그 틈에 슈타예거가 몬스터를 공격하는 방법이 효율적이기 때문이었다.

그리고 지친 일반 헌터들에게 조금의 휴식 시간을 주는 효과까지 있으니, 이러한 포지션을 꾸리지 않을 이유가 없었다.

그리고 확실히 훙켈의 지시는 시기적절했다.

사방에서 들이닥치는 몬스터의 공격에 헌터들이 많이 지쳐 있었다.

한데 훙켈의 지시로 인해 각자 역할이 정해지면서 몬스터를 처리하는 속도는 줄어들었지만, 그만큼 몬스터에 의해 쓰러지는 헌터들의 숫자도 줄어들었다.

"이대로 천천히 뒤로 빠진다."

훙켈의 입에서 다시 한번 새로운 지시가 내려왔다.

방어진을 펼치며 몬스터의 공격을 막아 내던 헌터들에게 진형을 흩트리지 않은 상태에서 그대로 천천히 후퇴를 하라는 명령이 떨어진 것이다.

"헨리!"

헌터들에게 지시를 내리던 흉켈이 헨리 윈저 왕자를 불렀다.

"왜?"

"너와 난 후퇴하는 헌터들을 엄호하면서 떨어진 아티팩트를 수거한다."

몰러드는 몬스터들을 상대로 사용한 창 아티팩트의 수거를 말하는 흉켈이었다.

지금 들어온 양국의 정예 헌터를 잃는 것보다는 그냥 이대로 후퇴하는 것이 맞았다.

하지만 그렇다고 이 던전을 그냥 둘 수 있는 것도 아니었다.

결국 언젠가는 다시 들어와야 할 텐데, 미국에서 사용한 창 아티펙트의 위력을 알면서도 그냥 버리고 갈 수는 없었다.

자신들이 쓰러뜨린 몬스터도 많았지만, 아직도 상대해야 할 몬스터의 숫자는 끝이 보이지 않을 정도로 많이 남아 있었다.

'못해도 지금까지 상대한 몬스터만큼은 더 남아 있을 거야.'

흉켈이 생각하기에 지금까지 자신들이 죽인 몬스터의 숫자는 못해도 70마리는 넘을 것이라 생각이 되었다.

그런데 적지 않은 숫자의 몬스터를 사냥했지만, 이들은 그것들에게서 마정석을 수거할 시간도 없을 정도로 몰려드는 몬스터를 상대해야만 했다.

자신들이 던전에 들어와 본 몬스터는 평범한 던전에서는 보스 몬스터로 군림할 정도로 등급이 높은 몬스터들이었다.

그런 몬스터들이 마치 고블린이나 오크처럼 무리지어 모여 있었다.

그 때문에 흉켈이나 다른 헌터들은 혹시 이곳 던전이 미국에서 발생한 재앙급 몬스터 웨이브와 같은 종류의 던전이 아닌가 의심이 들 정도였다.

미국에 발생한 재앙급 몬스터 웨이브는 위험 등급이 가장 낮은 몬스터도 5등급 엘리트 몬스터였다.

그런데 이곳 던전에서 맞닥뜨린 몬스터의 위험 등급은 무려 6등급이었다.

그나마 다행이라 할 수 있는 것은 엘리트나 보스 몬스터는 아직 보이지 않는다는 것이다.

만약 이렇게 많은 몬스터 중에 엘리트 몬스터나 보스 몬스터가 섞여 있었다면, 아마 이곳에 들어온 헌터들 중 자신이나 헨리를 제외하고는 죽거나 큰 부상을 입을 것이 분명했다.

하나 다행인 것은 다행인 것이고, 언제까지 그런 행운이 자신들을 따를지는 아무도 몰랐다.

그러니 남은 사람들이라도 안전하게 던전을 빠져나가기 위해서는 최대한 전력을 보존해야만 했다.

그러기 위해선 아티팩트가 꼭 필요했다.

당장 다시 들어올 때도 필요하지만, 지금 나가는 중에도 큰 도움이 될 것이었다.

위기의 순간, 아티팩트의 기능을 활성화하여 정확하게 몬스터에게 명중시킨다면, 단 한 차례의 공격만으로도 치명상을 줄 수 있는 무기는 그야말로 생명 줄이나 마찬가지였다.

그러니 후퇴를 하더라도 최대한 그것을 챙겨야 했다.

휙!

쾅!

쿵! 퍽!

흉켈과 헨리 윈저 왕자는 힘을 합쳐 몬스터의 공격을 방어했다.

후퇴하는 로열 가드와 헌터들을 보조하는 와중에 때로는 공격을 하기도 했고, 헌터들이 막지 못한 몬스터의 공격을 대신 방어해 주기도 했다.

그렇게 피해를 최소화하기 위해 애를 쓰면서 자신들이 들어온 길을 거슬러 후퇴를 하였다.

"쓰러지지 마라!"

흉켈과 함께 싸우고 있는 헨리 윈저 왕자는 최전선에서

몬스터의 공격을 막으며 후퇴하는 로열 가드들을 보며 소리 쳤다.

그들이 쓰러지면 그 뒤에 있는 헌터들이 몬스터의 공격에 속수무책으로 당하기 때문이다.

그렇다고 뒤에 있는 헌터들이 마냥 안전한 것은 아니었 다.

어디서 나타난 것인지 이들이 들어온 퇴로에도 간간히 몬 스터들이 몰려왔기 때문이다.

그런 몬스터들은 로열 가드나 슈타예거의 도움 없이 헌터 들만으로 상대해야 했기에 이들의 후퇴는 결코 쉽지 않았 다.

"조금만 힘내!"

흉켈은 몬스터의 공격을 막아 내는 한편, 힘겹게 몬스터 를 상대하고 있는 일반 헌터들을 격려하였다.

"헨리!"

챙!

"왜?"

챙! 챙!

방패와 한 손에 든 검을 휘두르면 몬스터의 공격을 막아 내고 있던 헨리는 자신을 부르는 흉켈에게 시선도 주지 않 으면서 대답을 하였는데, 그런 헨리에게 흉켈은 다른 지시 를 내렸다.

"저들만으로는 뒤에서 오는 몬스터를 상대할 수가 없다. 네가 뒤로 가서 헌터들을 인솔해 줘!"

뒤에서 나타난 몬스터로 인해 헌터들의 발걸음이 막히자 이동 속도가 줄어들어 버렸다.

그러다 보니 몬스터를 막아 내고 있는 로열 가드들의 부담이 늘어났다.

이러한 것을 느낀 흉켈이 자신의 옆에서 싸우고 있던 헨리 윈저 왕자에게 퇴로를 뚫으라는 지시를 한 것이다.

"알았어!"

챙! 챙!

헨리 윈저가 자리를 떠나자 흉켈의 손놀림이 더욱더 바빠졌다.

그도 그럴 것이, S등급 헌터 둘이 막던 걸 혼자서 막아야 하다 보니, 그가 막아야 할 범위가 늘어났기 때문이다.

"헉! 헉!"

*   *   *

"그렇게 후퇴를 하다가 땅속에서 튀어나온 어스웜을 보지 못했습니다."

헨리 윈저 왕자는 잠시 고개를 숙이다가 이내 다시금 말을 이었다.

"어스윔의 공격을 피하지 못하고 공격을 당하기 직전, 홍켈이 저를 밀어내고 어스윔의 공격에 팔을 잃었습니다."

헨리 원저 왕자는 던전 토벌대 수뇌부가 모인 자리에서 자신들이 후퇴한 전말을 이야기하였다.

그리고 그 과정에서 S등급 헌터 중에서도 강자에 속하는 홍켈 슈미츠가 어찌하여 한쪽 팔을 잃게 된 건지 들려주었다.

"음……."

"흠."

최강의 전력으로 던전에 들어간 토벌대가 어찌하여 전멸에 가까운 상태로 나오게 된 건지, 처음 추궁에 가깝게 밀어붙이던 수뇌부였다.

하지만 얘기를 듣고 나자 그들은 침음을 흘릴 수밖에 없었다.

무려 S등급 헌터가 두 명이 참가를 하였고, 이들을 보조하기 위해 세계에서 손에 꼽히는 헌터 단체 중 두 곳의 3개 전대가 출동하였다.

그뿐만 아니라 그들에 더해 영국과 독일에서 모집한 최고의 헌터들까지 해서 총 25명이 투입되었다.

그런데 돌아온 것이라고는 그 절반에도 미치지 못하는 83명의 헌터였다.

그중 두 명의 S등급 헌터 중 하나는 한쪽 팔이 뜯겨 나간 상태로 복귀하였다.

웬만한 소국의 전체 헌터보다도 높은 전력이 투입되었음에도 불구하고, 레딩의 던전은 실패로 끝났다.

그것도 대실패로.

무엇보다 안타까운 것은 발터 슈미츠에 이어 최강의 헌터 중 하나가 될 것이라 믿어 의심치 않던 흉켈 슈미츠가 은퇴해야 할 정도의 부상을 입었다는 점이다.

그것도 주력이라 할 수 있는 오른팔이 몬스터에 의해 뜯겨 나가는 바람에 정상적으로 활동할 수 없었다.

헌터로서 주력이 아닌 보조라 할 수 있는 신체를 잃어도 전투력이 확연하게 줄어드는데, 하물며 주력인 오른팔을 잃었으니 이는 두말할 것도 없었다.

쾅!

사람들이 헨리 윈저 왕자의 보고에 침통한 얼굴을 하고 있을 때, 갑자기 문이 큰소리를 내며 열렸다.

그에 사람들의 시선이 큰소리가 난 문으로 향했다.

문이 열린 곳에는 언제 나타난 것인지 부상으로 치료를 받고 있어야 할 흉켈 슈미츠가 서 있었다.

"날 빼고 무슨 회의를 하고 있는 겁니까?"

흉켈 슈미츠는 회의실 안으로 들어오면서 작게 중얼거렸다.

하지만 이 자리에 있는 사람들 누구도 그 목소리를 듣지 못한 사람은 아무도 없었다.

"흉켈, 네가 여긴 어쩐 일이냐?"

발터 슈미츠는 아직 집중 치료실에서 치료를 받고 있어야 할 막내아들이 회의장에 나타난 것에 미간을 찌푸리며 물었다.

"제가 토벌대 대장이었는데, 회의에 참석하는 것은 당연한 것 아닙니까?"

흉켈은 자신을 나무라는 아버지를 보며 그렇게 대답을 하였다.

비록 부상을 당했지만, 흉켈의 표정은 너무나도 당당했다.

'한쪽 팔을 잃었어도 호랑이 새끼군.'

가만히 이야기를 듣고 있던 재식은 갑자기 회의장에 난입해 자신의 할 말을 당당히 하고 있는 흉켈을 지켜보며 그렇게 생각하였다.

한 달 전 보았을 때도 보통이 아니란 생각을 했다.

한데 부상을 당한 지금도 흉켈은 그때만큼이나 상당한 인상을 남겨 주었다.

"저 빼고 던전에 들어갈 생각은 하지 말아요."

재식이 생각에 잠겨 있을 때, 흉켈 슈미츠는 자신의 아버지를 쳐다보며 으름장을 놓듯 이야기를 하였다.

"뭐?! 허 참……."

발터 슈미츠는 자신의 막내아들이 하는 말에 기가 차서 할 말을 잊었다.

오른팔 절단이라는 심각한 부상을 당했으면서도 자신의 팔을 앗아간 던전에 다시 들어간다는 아들의 말에 기가 막힌 것이다.

"한쪽 팔을 잃은 네가 거길 가 봐야 무슨 도움이 된다고 그따위 소리를 하는 거냐."

어처구니없는 막내아들의 말에 발터 슈미츠는 콧방귀를 치며 냉소를 쏟아 냈다.

기대를 마지않던 막내아들의 추락에 너무나도 상심한 발터 슈미츠였다.

하지만 그나마 아들이 살아 있다는 것에 안도를 했기에 그가 다시 던전에 들어간다는 말에 상처될 수도 있을 법한 말을 툭 내뱉는 것이었다.

"그 상태인데도 다시 던전에 들어가겠다는 겁니까?"

재식은 흉켈의 말에 눈을 동그랗게 뜨며 물었다.

보통 저 정도 부상을 당하면 트라우마로 시달리거나 아니면 자신의 부상에 대해 한탄을 하고 있는 것이 보통이다.

그런데 흉켈 슈미츠는 다른 사람들과 다르게 몬스터에 대한 분노를 표출하고 있었다.

그에게는 자신을 그렇게 만든 존재에게 복수를 하고 싶다는 일념이 엿보였다.

"비록 오른쪽 팔을 잃긴 했지만, 아직 왼쪽 팔이 남아 있습니다! 비록 예전만 못하겠지만, 그래도 S등급에 오른 헌터란 말입니다!"

흉켈 슈미츠는 남은 왼쪽 팔로 자신의 가슴을 치며 건재함을 과신했다.

그런 흉켈 슈미츠의 모습에 재식은 다시 한번 눈을 반짝였다.

'저 정도면 약간의 도움을 줘도 괜찮을 것 같은데…….'

현대 의학 기술은 한쪽 팔이 없더라도 충분히 대체가 가능할 정도로 의수나 의족 등이 발달하였다.

단순 겉보기에 거슬리지 않는 것에서부터 물건을 쥐거나 들어 올릴 수 있는 것.

그리고 보통 사람의 팔보다 몇 배의 힘을 낼 수 있는 아주 복잡한 기계장치가 들어간 것까지, 아주 다양한 의수와 의족들이 있었다.

하지만 재식이 하려는 것은 그러한 것들이 아니었다.

실제로 재식이 알고 있는 것 중 잃어버린 사지(四肢)를 찾아 주는 방법이 세 가지나 되었다.

첫 번째는 마력을 이용해 신체 세포를 성장시켜 팔을 만들어 주는 방법이다.

하지만 이 방법을 사용하려면, 엄청난 마력이 필요하기에 아무리 재식이라도 쉽지 않은 방법이었다.

만약 재식이 7클래스의 사지 재생 마법인 리제너레이션 마법을 익혔다면, 무척이나 쉽게 풀 수 있는 일이었다.

하지만 재식은 아직 7클래스 마법을 알지 못하는 상태.

그렇기 때문에 현대 의학과 마법을 결합하고, 훙켈 슈미츠의 신체 세포를 배양하여 사지를 만들어 수술을 하는 방법을 취해야만 했다.

두 번째 방법은 첫 번째 방법과 비슷하면서도 다른 방법인데, 그것은 바로 재식이 익힌 흑마법을 이용한 키메라를 만드는 방법이다.

물론 신화나 소설에 등장하는 그런 괴물은 아니었다.

단지 사람의 팔이나 몬스터의 팔을 이식하는 방법 정도일 뿐이다.

그리고 마지막으로 세 번째 방법은 의수를 아티팩트로 만드는 방법이었다.

재식이 생각할 때는 이것이 훙켈 슈미츠에게 가장 맞는 방법이리라 확신했다.

물론 아티팩트가 아닌 기계적으로 강화한 의수를 만들 수도 있다.

하지만 S등급 헌터인 훙켈을 생각하면 현대 과학으로 만들 수 있는 최강의 의수를 만든다고 해도 이전에 그가 가지고 있던 본인의 팔보다 강할 것이라고는 장담할 수 없었다.

그만큼 S등급 헌터의 신체는 과학으로 증명하는 것이 불가능할 만큼 정교하고 강한 힘을 냈기 때문이다.

하지만 재식이 가진 마법 지식이라면, 그에 근접하게 만들 수는 있었다.

비록 재식이 알고 있는 마법이 겨우 5클래스에 불과하지만, 부분적으로나마 7클래스 마법도 알고 있었다.

그렇기 때문에 흉켈에게 달아 줄 의수를 마법을 이용해 만들게 된다면 충분히 예전 본인의 팔만큼 대단한, 아니, 어쩌면 본인의 팔보다 활용도 높은 의수를 가질 수도 있을 터였다.

'뭐가 좋을까?'

재식은 그렇게 흉켈 슈미츠의 의수에 대해 생각하기 시작했다.

보통의 헌터라면 이럴 때 자신에게 이득이 되는 방향으로 이리 재고 저리 재면서 계산을 하겠지만, 재식은 이미 그럴 이유가 없었다.

헌터로서 인간이 오를 수 있는 경지를 넘어섰고, 또 사회적 지위나 금전적인 힘도 이미 차고 넘쳤다.

물론 이러한 것도 정령들을 만나기 전이라면 다르게 생각했을지 모른다.

재식이 슈마리온이나 다른 최상급 정령들과 계약하면서 그의 정신세계는 평범한 인간의 수준을 넘어서 버렸다.

그러다 보니 그의 생각도 자신의 이득만 쫓는 보통 사람에서 시작하여 몬스터로부터 인류의 안전을 지키는 쪽으로 기울어지게 되었다.

그렇기에 한국에 정령사의 자질을 가진 아이들이 나타났을 때, 정령사를 양성하는 학교를 설립한 것이다.

또한 미국에서 재앙급 몬스터 웨이브가 발생하자, 미국을 돕기 위해 파견을 간 것이었다.

아티팩트를 대량으로 만들어 경매를 한 것도 같은 이유에서다.

개인의 이득을 위해서라면 굳이 아티팩트를 대량으로 만들어 외국에 판매할 이유가 없었다.

그리고 영국의 사정을 듣고 길드에 보유하고 있던 아티팩트를 영국과 독일에 판매하지도 않았을 것이다.

게다가 이렇게 먼 영국까지 오지 않아도 되었지만, 재식은 영국에서 지원 요청이 들어오자 최고의 전력을 꾸려 영국으로 넘어왔다.

이것만 봐도 재식이 평범한 보통 사람은 아니라고 할 수 있었다.

'일단 회의가 끝나면, 한 번 이야기를 나눠 봐야겠어.'

그가 원한다면 의수를 만들어 줄 의향이 있었다.

다만, 그에 따른 대가는 당연히 받을 것이다.

아무리 인류애적인 생각으로 바뀌었다고는 하지만, 재식

은 마법의 원래 주인인 챠콥의 영향으로 공짜란 없었다.

즉흥적인 면이 조금 있기는 했으나 보통은 하나를 주면 하나를 받아야 한다는 생각이 무의식 깊숙이 박혀 있었다.

그렇기 때문에 조금 전에도 흉켈의 모습에게 뭔가 심장이 울리는 느낌을 받아 의수를 만들 생각을 하였음에도 그에 상응하는 대가에 대해선 따로 생각하게 된 것이었다.

＊　　　　＊　　　　＊

"그게 정말입니까?"

흉켈은 자신을 쳐다보고 있는 재식이 조금 전 들려준 이야기에 놀라 소리쳤다.

"가능합니다."

재식은 자신을 보며 놀란 눈으로 물어보는 흉켈에게 단호하게 대답하였다.

"어떻게⋯⋯."

흉켈은 도저히 믿을 수가 없어 그렇게 작게 중얼거렸다.

S등급 헌터의 전력을 잃지 않을 뿐만 아니라 어쩌면 예전보다 더 강해질 수도 있다는 재식의 이야기에 믿을 수가 없었다.

의학 기술이 아무리 발전했다고 해도 그것은 불가능한 영역이었다.

대격변이 일어나고 인간이 예전 평범함을 벗어던지고, 헌터로서 각성을 하게 되었다.

예전과 비교를 하자면, 인류는 초인의 시대로 접어든 것이었다.

대격변 이전에는 할리우드 영화, 혹은 소설 속에서나 존재할 법한 존재들이 현실에 나타났다.

불을 뿜고, 하늘을 날고, 번개를 생성하며, 몬스터를 얼음으로 가두는 것이 가능해졌다.

또 어떤 이들은 주먹 한 방에 커다란 콘크리트 벽을 무너뜨릴 정도로 강한 신체를 가지기도 했다.

그렇기 때문에 과학 기술은 어느 순간 더 이상 최고가 될수 없었다.

물론 아주 소용이 없지는 않지만, 절대적이라고는 표현할수 없게 되었다.

헌터로 각성한 이들의 신체는 과학으로 증명할 수도 없었고, 또 과학이 우위에 설 수도 없었다.

유전자 조작을 통해 비슷하게 만들 수는 있었지만, 그도한계가 분명했다.

아무리 과학을 이용하여 각성 헌터를 모방하려 하여도 일정 이상이 되면 과학이 따라잡을 수가 없었다.

특히나 S등급에 이른 헌터의 신체는 과학의 그 어떤 것으로도 비슷하게 만들 수 없었다.

그 탓에 흉켈은 자신의 한쪽 팔을 잃었음에도 아직까지 의수를 달지 않고 있는 것이었다.

그런데 지금 재식이 그 불가능에 가까운 일을 가능하다고 말하고 있었다.

아니, 전보다 더 좋은 의수를 만들어 줄 수 있다고 이야 기를 하였다.

"방법은 세 가지가 있습니다."

"세 가지나……."

"세포를 배양하여 잃어버린 팔을 재생하는 방법이 있 고……."

'허!'

재식은 자신이 알고 있는 신체 재생 방법에 대해 하나하 나 설명하였다.

그런 재식의 설명을 듣고 있던 흉켈은 순간 속으로 경악 을 할 수밖에 없었다.

그도 그럴 것이, 이론적으로는 가능한 일이었지만, 실제 로 가능하게 만드는 것은 요원한 방법이었기 때문이다.

하지만 이를 말하고 있는 장본인은 너무나도 쉬운 방법으 로 가능한 것처럼 이야기를 하고 있었다.

"두 번째로는 신체에 맞는 팔을 떼어다가 이식하는 방법 이 있는데… 사실 이 방법은 별로 추천하지 않아요."

재식은 이야기를 하다 말고, 잠시 머뭇거렸다.

이 두 번째 방법은 빠른 시간에 이식할 수 있다는 장점을 가지고 있지만, 이식한 팔에 적응하는 시간이 너무나도 오래 걸리기 때문이었다.

첫 번째 방법은 팔을 만드는 과정이 오래 걸리지만, 자신의 신체 세포를 이용한 방법이기 때문에 팔이 완성만 된다면 훨씬 적응이 쉬웠다.

그런데 두 번째 방법으로 팔을 이식하게 되면 원래 자신의 신체가 아닌 탓에 부작용이 있을 수 있었고, 또 이식된 팔을 원래 신체 능력과 비슷하게 만드는 것에도 상당한 시간이 걸렸다.

그렇기에 재식은 이 두 번째 방법을 굳이 권하지 않았다.

"마지막으로 세 번째는 의수를 만드는 것입니다."

"의수요?"

첫 번째와 두 번째까지는 조금 황당하기는 했지만 뭔가 그럴 듯했는데, 갑자기 의수라는 이야기에 조금은 실망했다.

"네. 의수입니다. 하지만 단순한 의수가 아니라 아티팩트 의수라면 어떻습니까?"

재식은 조금 전 회의장에서 생각한 것을 흉켈에게 이야기하였다.

챠콥의 기억 속에는 참으로 다양한 물건들이 있었다.

그것은 챠콥이 직접 만든 것이 아니라 챠콥에게 마법을 실험하고, 또 마법을 가르친 흑마법사가 가지고 있던 것들이다.

그는 흑마법사 중 특별하게 무려 8클래스의 마법을 익히고 있었다.

흑마법사가 챠콥을 노예 상인들에게서 사들여 생체 실험을 하고, 또 조수로서 마법을 가르친 스승이었다.

그리고 챠콥의 스승은 특이하게도 정통 흑마법은 물론이고, 키메라 제작이나 아티팩트 제작에도 일가견이 있었다.

그렇기 때문에 챠콥이 그러한 실험을 할 수 있던 것이었다.

덕분에 챠콥의 기억 일부를 가진 재식이 아티팩트를 만들고, 마법진을 이용해 자신의 신체를 개조할 수 있던 것이기도 했다.

"아티팩트로 그런 것도 만들 수 있는 것입니까?"

흥켈은 지금까지 아티팩트로 의수를 만들 수 있다는 생각은 한 번도 해 본 적이 없었다.

던전에는 별의별 아티팩트가 있다고 하지만, 의수가 아티팩트라니…….

흥켈은 그렇게 조금 전 재식이 한 이야기를 떠올려 보았다.

어느 것이 자신에게 가장 유용할 것인지 선택하는 중이었다.

잃어버린 한쪽 팔을 되찾을 수 있고, 더 나아가 이전보다 훨씬 강해질 수만 있다면 의수 아티팩트도 충분히 고려할 만한 것이었다.

3. 흉켈의 의수

재식이 흉켈에게 한 이야기는 순식간에 그의 아버지인 발터 슈미츠에게 전달되었고, 또 독일 진영 헌터들과 영국 진영 헌터들에게도 퍼졌다.

그 이야기를 듣고 헨리 윈저 왕자는 누구보다 먼저 달려와 재식에게 확인을 하였다.

그렇지 않아도 흉켈이 자신 때문에 헌터로서 치명적인 부상을 입은 것에 대해 미안한 마음을 가지고 있던 헨리 윈저 왕자였다.

"그게 정말 가능한 일입니까?"

한 나라의 왕자로서 여왕인 어머니를 빼고는 어느 누구에게도 이렇게까지 정중한 말투를 사용하지 않았다.

그런 헨리 윈저 왕자가 극동 아시아의 시민에게 정중하게 물었다.

괜한 희망 고문하는 것은 아닌가라는 생각이 들은 탓에 마음 같아서는 속사포처럼 그게 가능하냐고 물어보고 싶었다.

물론 당장에라도 그렇게 쏘아붙일 수도 있었다.

하나 홍켈은 다른 누구도 아닌 자신의 잘못으로 한쪽 팔을 잃은 것이었다.

그에 대해 죄책감을 가지고 있는 헨리 윈저 왕자였기에 흥분하려는 기분을 억누르며 물어본 것이다.

"가능한 일입니다."

"아!"

재식의 답변을 들은 헨리 윈저 왕자는 무거운 짐을 내려놓은 기분이 되어 안도의 한숨을 내쉬었다.

그리고 무슨 생각이 들었는지 얼른 말을 이었다.

"그게 사실이라면 비용이 얼마가 들던 홍켈의 치료에 들어가는 돈은 제가 대겠습니다."

헨리 윈저 왕자는 굳은 각오가 느껴지는 목소리로 말했다.

"그렇다면 미스릴 20kg과 마나 스톤 3kg 이상을 구해 주십시오."

재식은 흉켈 슈미츠의 잃어버린 오른쪽 팔을 복구하는데, 세 번째 방법인 아티팩트를 만들기로 하였다.

이는 흉켈 슈미츠가 선택한 방법으로 자신의 체세포를 증식시켜 팔을 복원하는 방법과 아티팩트로 팔을 대신하는 방법 중 고민하다 그 방법을 선택한 것이다.

원래 세포를 이용한 방법이 가장 좋은 방법이었다.

하지만 그렇게 하면 시간이 너무 오래 걸린다는 단점 때문에 흉켈은 과감하게 그 방법을 포기했다.

대신 몬스터에게 보다 빠른 복수를 하기 위해 세 번째 방법인 아티팩트 의수를 이식하는 것으로 선택을 하였고, 그의 아버지 발터도 그런 흉켈의 선택을 인정하였다.

그로서는 아들이 세포를 배양하는 첫 번째 방법을 선택하면 했다.

아무리 아티팩트라 하지만, 인공적인 의수를 다는 것보단 정상적인 신체를 갖으면 하는 것이 부모의 입장임에도 그는 아들의 선택을 존중해 준 것이다.

"단, 마나 스톤의 경우 한 덩어리로 된 무게가 3㎏이 넘어야 합니다."

재식은 혹시나 마나 스톤을 그냥 무게만 충족시켜 올 수도 있기에 그러한 조건을 걸었다.

이왕 만드는 거 자신이 만들 수 있는 최상의 의수 아티팩트를 만들어 주고 싶었고, 그러기 위해 그와 같은 조건을 내놓은 것이었다.

마나 스톤 하나의 덩어리 무게가 3kg 이상이라는 것은 상급 이상의 마나 스톤을 뜻한다.

그리고 현재 발견된 마나 스톤 중 그 정도 물건은 많지 않았고, 재식이 알기론 영국에도 몇 개 있지 않았다.

다만, 앞에 있는 사람이 영국의 왕자이고, 또 차기 왕위 계승이 유력시 되고 있는 왕자이기에 이야기를 해 보는 것이다.

물론 재식이 상급의 마나 스톤을 구하려 한다면 못 구할 것도 없었다.

그러나 일단 쉬운 길이 있는데, 굳이 고생을 할 필요도 없는 것도 사실.

그리고 또 흥켈 슈미츠가 최대한 빠르게 의수를 만들어 달라고 했으니, 헨리 윈저에게 부탁한 것이기도 했다.

"그것들만 구해 오면 되는 것입니까?"

"네, 그것들만 있으면 나머진 제가 알아서 하겠습니다."

재식은 헨리 윈저의 물음에 자신 있게 대답하였다.

"알겠습니다. 그럼 바로 구해 오겠습니다."

저벅저벅.

대화가 끝나기 무섭게 헨리 윈저 왕자는 몸을 돌려 방을 빠져나갔다.

덜컹!

"어! 헨리… 여기 어쩐……."

막 아들에게서 이야기를 전해 듣고 재식을 만나러 재식의 방을 찾은 발터 슈미츠는 재식의 방에서 나오는 헨리 윈저를 보고 그를 불렀다.

하지만 그의 부름에도 헨리 윈저는 간단히 인사만 하고, 휑하니 자리를 떠났다.

"저는 급한 일이 있어서 먼저 가겠습니다, 아저씨."

저벅저벅.

"어. 그, 그래……."

평소 볼 수 없었던 헨리 윈저의 급한 모습에 발터 슈미츠는 그를 붙잡지 못하고 순순히 그를 놓아주었다.

'듣던 것 이상으로 헨리 윈저 왕자와 흉켈 슈미츠가 친한가 보구나.'

재식은 헨리 윈저 왕자가 급하게 이야기를 끝내고 방을 나서는 모습을 지켜보면서 그렇게 생각했다.

급박한 마음의 그를 보자니 두 사람의 우정이 상상 이상임이 절로 느껴졌기 때문이다.

"마스터 정!"

발터 슈미츠는 급히 나가는 헨리 윈저 왕자의 모습에 재식을 부르며 무슨 이유인지 물었다.

"헨리 왕자가 저렇게 급히 나가는 이유가 뭔지 들려줄 수 있습니까?"

아들의 팔을 치료할 수 있다는 이야기를 들었기에 발터 슈미츠 또한 조심스럽게 물었다.

"아, 네. 그건……."

재식은 조금 전 헨리 윈저 왕자가 자신을 찾아와 한 이야기를 고스란히 들려주었다.

"아!"

발터 슈미츠는 헨리 윈저 왕자가 무엇 때문에 자신의 부름에도 그렇게 급히 나가는지 알아차리고서 작은 감탄성을 내질렀다.

"두 분의 우정이 알려진 것보다 더 끈끈한 것 같아 보기 좋습니다."

재식은 자신보다 나이가 훨씬 많은 흉켈 슈미츠와 헨리 윈저 왕자의 우정을 느끼며 기꺼운 기분이 들었다.

"그런데 어쩐 일입니까?"

정신을 추스린 재식은 발터 슈미츠에게 자신을 찾아온 용건을 물었다.

"아! 그게……."

발터 슈미츠가 재식을 찾아온 것은 사실 헨리 윈저 왕자와 다르지 않았다.

막내아들인 흉켈 슈미츠로부터 전해 들은 이야기에 대한 진위를 확인하고, 또 그게 사실이라면 아들의 치료에 들어가는 비용을 알아보기 위해서였다.

그런데 자신보다 빠르게 영국의 왕자인 헨리 윈저가 다녀 갔으니, 더는 할 말이 없어져 버렸다.

"헨리 왕자님이 나섰으니 재료는 빠르게 준비될 것입니다. 저도 준비를 하겠습니다."

"그럼 그것들 외에 더 필요한 것은 없는 것인가?"

"네. 그것들만 구해진다면 다른 것은 필요하지 않습니다."

아티팩트를 만드는 것은 결코 쉬운 일이 아니다.

하지만 이미 여러 종류의 아티팩트를 제작한 경험이 있는 재식이다.

다만, 의수 형태의 아티팩트를 만들어 본 적은 없기에 일단 흉켈의 의수를 만들기 전 연습을 해 볼 필요는 있었다.

"그래도⋯⋯."

아버지로서 아들의 팔이 될 의수를 제작하는 데 어떠한 도움도 되지 못한다는 것이 안타까워 재차 물었다.

"그럼, 강철괴 30㎏ 정도를 구해 주실 수 있겠습니까?"

강철괴를 구하는 것은 본인이 할 수도 있었지만, 재식은 애절하게 쳐다보는 발터 슈미츠에게 부탁을 하였다.

아들에게 조금이나마 도움이 되고자 하는 아버지의 모습을 보며, 예전 자신의 모습이 떠올랐다.

아버지의 오랜 부상으로 가세가 기울었을 때, 아무 도움도 드리지 못한 자신의 모습이 발터 슈미츠에게서 보인 탓에 그런 부탁을 한 것이다.

"알겠네! 내 바로 구해 보지."

재식의 말이 떨어지기 무섭게 발터 슈미츠도 재식의 방을 빠져나갔다.

그리고 발터 슈미츠가 재식의 방을 나간 지 딱 10분이 되어 돌아왔는데, 그의 손에는 30kg의 강철괴가 들려 있었다.

*　　　*　　　*

흥켈 슈미츠는 오른쪽 어깨에 부착된 팔을 움직이며 그것을 살폈다.

손목을 이리저리 움직이기도 하고, 또 주먹을 쥐어 뻗어 보기도 하는 등 팔의 감각을 느끼기 위해 여러 동작을 시험해 보았다.

"오! 이게 내 새로운 팔이란 말이지!"

새로운 자신의 오른팔을 움직여 본 흥켈은 너무나도 자연스러운 움직임에 감탄을 하였다.

마치 원래 자신의 팔처럼 느껴졌기 때문이다.

그만큼 재식이 만들어 준 의수는 어떤 거리낌도 없이 자연스럽게 움직였다.

그 때문에 그것이 의수라는 느낌이 전혀 들지 않았다.

휙! 휙!

이번에는 자세를 잡고 권투의 동작인 원투 스트레이트를 질러 보기도 했다.

자신의 팔인 왼쪽 팔과 의수인 오른쪽 팔이 너무나도 자연스럽게 원투를 하는 것이 움직이면 움직일수록 감탄을 자아냈다.

"하하, 이게 의수라니. 정말 놀라워."

끼르륵— 끼르륵—

주먹을 쥐었다 폈다 하니, 오른손에서 금속 마찰음이 들렸다.

그것을 보면 분명 의수가 맞는데, 느낌은 그러한 것이 느껴지지 않았다.

재식은 흉켈 슈미츠가 자신의 새로운 오른팔을 시험하는 것을 조용히 지켜보다 한마디 하였다.

"팔에 어느 정도 적응한 것 같으니까 이제는 본격적으로 시험해 보지요."

휙!

그렇게 말을 하고는 무언가를 그에게 던졌다.

탁!

무언가 빠르게 자신에게 날아오자, 흉켈은 자신도 모르게 오른팔을 내밀어 그것을 받았다.

'아니!'

흉켈 슈미츠는 재식이 던진 것을 받고는 너무나도 놀라 한동안 그 자리에 굳어 움직이지 않았다.

그도 그럴 것이, 방금 전 움직임은 자신이 의식하고 한 것이 아니기 때문이었다.

"이거…….."

흉켈은 너무 놀라 재식을 돌아보았다.

"왜? 무슨 문제가 있습니까?"

재식은 자신을 돌아보며 놀라는 흉켈의 모습에 무언가 잘 못된 것이 있나 물었다.

"아니, 그게 아니라… 방금 전 내가 의식하지 않았는데, 팔이 저절로…….."

흉켈은 말을 다 하지 못하고 다시 한번 자신의 오른팔을 내려다보았다.

"아, 그건 팔의 기능 중 하나입니다."

"기능 중 하나요?"

"네. 그것은 의수이기도 하지만, 하나의 생명체이기도 합니다."

"생명체란 말입니까? 이것이?"

흉켈은 재식의 말이 좀처럼 이해가 가지 않았다.

어떻게 금속이 생명체가 될 수 있다는 말인가?

하지만 곧 뭔가 생각이 난 것인지 재식을 급히 돌아보면 물었다.

"설마 이것이 골렘?"

"물론 골렘의 팔을 참조하기는 했지만, 골렘은 아닙니다."

재식은 흉켈 슈미츠가 단번에 골렘을 떠올리자, 잠시 그의 식견에 감탄하면서도 자신이 만든 그의 의수는 단순한 골렘이 아님을 설명하였다.

"새로운 타입의 각성자들에 대해 들어본 적이 있습니까, 흉켈?"

재식은 흉켈 슈미츠의 오른팔을 제작할 때 단순하게 골렘의 팔을 응용해 만든 것이 아니었다.

바로 정령을 팔에 넣는 방법을 사용했다.

예전 자신과 계약한 정령 중 대지의 최상급 정령인 다리오가 준 선물인 금속의 정령이 깃든 정령석이 있었는데, 그것 중 하나를 흉켈의 의수에 사용한 것이다.

이는 S등급의 헌터인 흉켈의 새로운 팔을 만들어 주는 것이기 때문이었다.

아무래도 단순하게 마법적 기능이 있는 의수보다는 몇 가지 마법적 기능을 빼더라도 그의 감각을 100% 활용할 수 있게 만드는 것이 훨씬 효과적이다 판단을 했다.

그렇게 무슨 방법이 없을까 고민을 하다보니 나온 것이

바로 의수에 금속의 정령을 이식하는 것이었다.

그랬기에 조금 전 흉켈 슈미츠가 자신의 의수를 시험하기 위해 이리저리 움직여 보기도 하고, 또 주먹을 쥐고 편치를 날리기도 할 때, 원래 팔처럼 자연스럽게 펼쳐진 것이었다.

흉켈의 뇌에서 팔을 움직이란 명령이 떨어지면, 오른팔에 깃든 금속의 정령이 그 신호를 받고 바로바로 실행을 했기에 가능한 것이다.

만약 그렇지 않고 마법이나 과학기술로 그것을 가능하게 만들었다면, 뇌의 신호를 분석하고 실행을 하는 데 어느 정도 딜레이가 있었을 것이었다.

때문에 재식은 그러한 방법을 사용하지 않았다.

방금 전 흉켈이 의식하지 않았음에도 오른팔이 저절로 움직여 재식이 던져준 것을 받은 것도 다 정령 덕분이었다.

본체가 위험하거나 필요하다고 판단되었을 때 오른팔에 깃든 정령은 알아서 능동적으로 판단하고 필요한 조치를 취한다.

이는 자신과 계약한 마스터의 안전을 지키려는 정령의 본능 때문에 그런 반응이 이루어진 것인데 흉켈은 아직 그러한 사실을 모르기에 의아해하는 것이다.

이러한 사실을 재식은 차분하게 그에게 설명을 들려주어

안심을 시켰다.

"그건 정령이 의수에 깃들어 있기 때문에 마스터를 지키려는 정령의 본능이 작용한 것이니, 너무 걱정하지 않아도 됩니다."

"아!"

팔을 이식할 때 잠깐 듣기는 했지만, 아티팩트를 이식한다는 생각에 대충 넘겼다.

한데 이런 엄청난 기능이 있을 줄이야.

"그럼 제가 위기에 처하게 되면 팔이 저절로 저를 보호하기 위해 움직이는 겁니까?"

"뭐, 그렇습니다."

재식은 흉켈의 질문에 100% 완벽한 것은 아니지만 어느 정도는 맞는 말이기에 그렇게 대답하였다.

흉켈이 어떤 이유로 정신을 잃어 저항할 수 없는 상태가 된다면, 그의 오른팔에 자리 잡은 금속의 정령이 그를 지키기 위해 나설 터다.

하지만 만약 그가 위기를 의식을 하고 방어를 하기 위해 움직일 때는 나서지 않을 것이다.

이는 정령이 자의적으로 판단을 하다 자칫 본체인 마스터의 판단과 상충이 되는 상황이 발생할 수도 있기 때문이었다.

그렇게 되면 더욱 위험한 일이 발생할 수도 있기에 우선

권은 어디까지나 마스터인 본체의 것이고 정령의 위기대처
는 마스터가 인지하지 못한 것에 한해 판단하고 움직이는
것이다.

바로 조금 전처럼 말이다.

그런 설명을 들은 흉켈은 자신의 새로운 오른팔이 더욱
마음에 들었다.

이제는 던전 안에서 겪던 것과 같은 뜻하지 않은 위기에
신체를 잃을 염려가 줄어들었기 때문이다.

알아서 자신을 몸을 방어해 주는 팔이라니.

듣기만 해도 놀라웠다.

"이제 설명을 모두 한 것 같으니 다시 본격적으로 시험을
해 보지요."

갑자기 움직인 오른팔로 인해 잠시 멈춘 시험이 다시 시
작되었다.

무기를 쥐자 예전보다 손잡이가 더욱 착착 감기는 느낌이
들었는데, 그 때문인지 가슴이 뛰어 더욱 빠르게 창을 휘두
르고 싶어졌다.

획— 획—

팡! 팡!

흉켈은 오른팔과 왼팔을 섞어가며 자신의 주력 무기인 창
을 휘둘러 봤다.

공기를 가르고 대기를 뚫어 버릴 듯 날카롭게 내지른 창

은 충격파를 일으키며 그 위력을 과시했다.

'좋다.'

흉켈은 그렇게 새롭게 얻은 오른팔이 점점 더 마음에 들었다.

자신이 휘두르는 창에서 나는 소성을 들으며, 더욱 그것을 휘두르는 것에 빠져들었다.

＊　　　＊　　　＊

퍽!

크허억!

쿵!

5등급 엘리트 몬스터인 썬더 라이온이 주먹 한방에 쓰러졌다.

썬더 라이온은 다른 5등급 몬스터들에 비해 그 덩치가 그리 크지 않은 체고가 2m 정도로 몬스터 치고는 작은 크기였다.

하지만 이름에서도 알 수 있듯 맹수형 몬스터이며, 번개 속성을 가지고 있어 그 전투력은 무척이나 위협적이고 빠른 몬스터였다.

그런데 그런 몬스터가 자신이 공격을 당할 때까지 아무런 방어도 하지 못하고 기습을 당해 한 방에 죽어 버린 것이다.

"호! 이거 아주 좋은데!"

5등급의 엘리트 몬스터인 썬더 라이온을 주먹질 단 한 번으로 잡은 흉켈 슈미츠가 그렇게 중얼거렸다.

재식이 제작해 준 의수를 시험해 보기 위해 가장 먼저 찾은 것은 몬스터 필드에 있는 몬스터들이었다.

물론 그렇다고 아무 몬스터를 상대로 시험할 수는 없었다.

그도 그럴 것이, 비록 한 팔을 잃었다고 해도 자신은 헌터들의 꿈인 S등급에 이른 헌터였다.

그런 그가 의수를 달았다고 해서 고블린이나 오크와 같은 위험 등급이 낮은 몬스터를 대상으로 전투력을 시험해 본다는 것은 솔직히 쓸데없는 짓이었다.

그러니 등급에 맞는 대상을 가지고 시험을 해 봐야 자신의 새로운 팔의 진가를 알 수 있었다.

그래서 찾은 대상이 바로 썬더 라이온.

마음 같아서야 그보다 위험 등급이 높은 몬스터를 대상으로 시험을 해 보고 싶었다.

만약 의수를 장착하고 이제 처음으로 실전 테스트를 하는 것이라 굳이 무리할 필요가 없다는 주위의 만류가 없었다면, 흉켈은 아마도 6등급 이상의 몬스터를 찾아갔을 것이다.

그리고 그런 몬스터를 찾는 데 굳이 힘쓸 필요도 없었다.

그런 몬스터가 있는 곳을 잘 알고 있기 때문이었다.

바로 자신의 팔을 앗아간 던전 안.

던전 안에는 아직도 수많은 몬스터가 남아 있을 것이다.

그것도 6등급 이상의 몬스터로 말이다.

최하가 지금 상대하고 있는 썬더 라이온 이상의 몬스터들로만 존재하는, 어떻게 보면 헌터들에게 보물 창고와 같은 곳이었다.

"무기도 사용하지 않았는데, 이놈을 한 방에 끝내다니 마음에 들어."

의수형 아티팩트가 마음에 든 흉켈은 여기서 더 이상 시험을 해 봐야 의수에 대한 데이터를 확보하기가 어렵다는 결론을 내렸다.

비록 단 한 번이었지만, 5등급의 엘리트 몬스터를 단번에 죽여 버릴 정도의 위력을 가진 의수였다.

의수의 위력을 더 많이 알아보기 위해서는 5등급 엘리트 몬스터 이상의 몬스터가 필요했다.

하지만 이 근방에서 썬더 라이온보다 더 강력한 몬스터는 존재하지 않았다.

그러니 이곳에서 테스트를 하는 것이 시간 낭비라고 하는 것이었다.

이런 판단을 한 홍켈은 더 이상 시간을 허비하고 싶지 않았다.

아니, 강력한 무기를 가진 전사가 느끼는 것은 단 한 가지뿐이다.

바로 적과 전투를 벌이는 것.

그리고 지금 홍켈 슈미츠가 느끼는 감정이 바로 그것이다.

'테스트는 이만하면 됐어.'

팔을 잃기 전이라면 아무리 그가 S등급 헌터 중 상위권에 들어간다 해도 썬더 라이온과 같은 등급의 몬스터를 주먹 한 번으로 잡을 수는 없었다.

S등급 헌터의 신체가 웬만한 무기보다 강력하다고 해도 가능한 것이 있고 그렇지 않은 것이 있었다.

그리고 5등급 몬스터를 무기도 없이 주먹 한 방에 처치하는 것은 불가능에 가까운 일이었다.

그렇게 의수를 테스트는 시작한지 한 시간도 되지 않아 끝이 났다.

*　　　　*　　　　*

레딩의 몬스터 필드 인근에 자리 잡은 베이스캠프에 복귀한 홍켈 슈미츠를 가장 먼저 반긴 것은 그의 아버지인 발터 슈미츠와 막사 앞에 대기하고 있던 슈타예거 소속 헌터들이었다.

그들은 홍켈 슈미츠가 새로 장만한 의수를 테스트하기 위해 몬스터 필드로 떠나자, 그가 돌아올 때까지 그곳에서 대기를 하고 있었다.

원래라면 발터 슈미츠는 모르지만, 슈타예거들은 홍켈 슈미츠를 따라가야만 했다.

그것이 몬스터를 상대할 때 슈타예거의 헌터들이 가지고 있는 신념이기 때문이다.

하지만 그러한 슈타예거의 신념은 이들의 대장인 홍켈 슈미츠에 의해 막혔다.

홍켈이 주력 팔인 오른팔을 몬스터에 의해 잃은 뒤 스스로 슈타예거의 제3전대장의 자리에서 물러났기 때문이다.

그는 슈타예거의 전대장에서 물러나면서 부전대장에게 전대장 자리를 물려주었다.

그렇기 때문에 홍켈은 제3전대원들에게 전대장과 함께한다는 신념을 지킬 필요가 없으니, 자신의 가는 길을 막지 말라고 말하였다.

그러고는 홀로 몬스터 필드로 떠났다.

그런데 몬스터 필드로 떠난 지 한 시간 만에 그가 돌아오자 발터 슈미츠는 물론이고, 슈타예거들도 모두 의아한 표정으로 그를 맞았다.

"벌써 오는 것이냐?"

발터 슈미츠는 너무나도 이른 시간에 되돌아온 아들을 보며 물었다.

"예."

훙켈은 아버지의 물음에 간단하게 대답을 하였다.

그런 막내아들의 대답이 시원치 않았기 때문인지, 발터 슈미츠는 재차 궁금증을 물어보았다.

"그럼 의수 아티팩트라는 것의 테스트도 다 끝내고 온 것이야?"

너무 이른 시간에 돌아온 탓에 낮은 등급의 몬스터나 슬쩍 건들고 돌아왔을 것이라 생각했다.

그런 부정적인 생각 때문에 발터 슈미츠가 인상을 찌푸리며 물었다.

"네. 아주 만족스러웠습니다."

"아니, 어떤 몬스터를 가지고 테스트했기에 이렇게 빨리 올 수가 있는 거야!"

너무나 자신감 넘치는 아들의 대답에 발터 슈미츠는 더 이상 참지 못하고 고함을 지르듯 큰소리로 물었다.

"받으세요."

훙켈 슈미츠는 가타부타 설명을 하기보다는 챙겨 온 썬더 라이온의 마정석을 그의 아버지인 발터 슈미츠에게 던지는 걸 택했다.

휙!

자신을 향해 갑자기 날아든 무언가를 발견한 발터 슈미츠는 재빨리 손을 움직여 그것을 받았다.

탁!

"응? 마정석!"

자신의 막내아들이 던진 것은 바로 몬스터의 심장에서 채취하는 마정석이었다.

그런데 마정석의 크기가 상당했다.

'이거 못해도 5등급 이상의 몬스터에게서 나온 마정석인 거 같은데?!'

손안에 느껴지는 마정석의 에너지의 파장에 발터 슈미츠는 그것이 저급한 몬스터에게서 채취한 마정석이 아님을 단번에 알아챌 수 있었다.

그럴 수밖에 없는 것이, 지금 쥐고 있는 마정석에서 느껴지는 찌릿한 파장은 전기에너지도 포함이 되어 있음을 알 수 있기 때문이었다.

몬스터 중 마정석에 이렇게 전기에너지를 가지고 있는 몬스터는 그 종류가 그리 많지 않았다.

특히 이 정도 파장을 가진 몬스터 중에선 위험 등급이 낮은 몬스터는 찾아보기도 힘들었다.

가장 낮은 등급도 5등급 이상.

그렇다는 말은 지금 들고 있는 마정석이 최하 5등급 이 상이란 소리였다.

"느껴지는 파장으로 보아 5등급 같은데 맞느냐?"

발터 슈미츠는 자신이 느낀 것을 그대로 아들에게 물어보 았다.

"예. 5등급 엘리트 몬스터인 썬더 라이온을 잡고 가져온 것입니다."

훙켈 슈미츠는 아버지의 물음에 평온히 답했다.

"다른 것은?"

마정석을 하나만 던져준 것에 발터 슈미츠는 다른 몬스터 의 것은 없는지 물었다.

테스트를 하러 몬스터 필드에 들어갔다.

그런데 엘리트 몬스터라고는 하지만, 고작 5등급 몬스터 한 마리만 상대하고 나왔을 것이라고는 생각하지 않았기에 물어본 것이다.

"없습니다."

"없다고? 아니, 그래 가지고 무슨 테스트를 한다 고……."

5등급 몬스터 한 마리만 상대하고 돌아왔다는 아들의 말에 발터 슈미츠는 어처구니없다는 표정으로 말을 하였 다.

하지만 훙켈 슈미츠는 그런 아버지의 말에도 별거 아니란

듯 어깨를 으쓱이며 대답하였다.

"한 번만으로도 굳이 더 이상의 테스트를 해 볼 필요가 없겠더라고요."

"아니, 그건 또 무슨 소리야?"

더 이상 테스트를 해 볼 필요가 없었다는 아들의 말에 발터 슈미츠는 의아해하며 물었다.

자신의 아들과 이야기를 하면 할수록 오히려 더 궁금증만 늘어가는 듯한 느낌이 들었다.

발터 슈미츠는 그 궁금증을 참을 수가 없어 계속해서 질문을 한 것이다.

한편, 조금 떨어진 곳에서 조용히 듣고 있는 슈타예거의 헌터들은 훙켈 슈미츠의 이야기를 곱씹었다.

5등급 엘리트 몬스터를 사냥했다고 하는데, 아무리 생각해 봐도 무언가 어긋나는 게 있었다.

아무리 훙켈 슈미츠가 S등급 헌터 중 상급에 해당하는 헌터라 하지만, 현재 그는 부상으로 인해 제 실력을 발휘할 수 없는 상태였다.

의수형 아티팩트를 이식받았다고는 하지만, 그것도 오늘 아침에 이식을 받아 제대로 적응도 하지 못했을 터.

그런데 그것을 테스트하기 위해 몬스터 필드로 들어간 지 겨우 한 시간도 채 되지 않아 캠프로 돌아오다니.

비록 한 마리의 몬스터만 상대하고 왔다고는 하지만, 시간상으로 이는 불가능한 것이었다.

그가 부상을 당하기 전이라 해도, 그리고 그 몬스터가 베이스캠프에서 20분 거리 내에서 발견이 되었다고 해도 말이다.

시간상 이동으로만 40분이 소요되고, 그럼 5등급 엘리트 몬스터를 20분 만에 사냥을 끝내야만 말이 되었다.

하지만 흉켈 슈미츠는 의수의 테스트를 위해 몬스터 필드로 들어갈 때 이동 수단을 이용한 것이 아닌 도보로 이동을 했었다.

그러니 20분 거리라 해도 베이스캠프에서 그리 멀지 않은 거리일 것이 분명했다.

그렇다면 이곳에서도 몬스터와 전투를 벌일 때 그 소란을 느끼지 못했을 리가 없었다.

즉, 흉켈 슈미츠가 자신들이 생각한 것보다 더 멀리 떨어진 곳에서 몬스터와 전투를 벌였고, 예상보다 짧은 전투로 5등급 엘리트 몬스터를 잡았으며, 마정석을 꺼내기 위해 몬스터를 해체까지 했다는 것.

그 모든 걸 행하고 돌아오기까지 한 시간 정도밖에 걸리지 않았다는 소리다.

도저히 상식적으로 말이 되지 않는 이야기였기에 슈타예거의 헌터들은 얼굴 가득 의문을 띠우며 총전단장인 발터 슈미츠와 이야기를 하고 있는 흉켈을 쳐다보았다.

그런데 대화를 하고 있던 발터 슈미츠가 무슨 소리를 들었는지, 깜짝 놀라며 큰소리를 질렀다.

"뭐? 그게 정말이냐?"

'뭐지?'

'무슨 일이길래 저런 반응을 보이시지?'

발터 슈미츠가 너무나도 놀라 소리친 것 때문에 조금 떨어진 곳에 대기하고 있는 슈타예거의 헌터들은 두 사람이 무슨 이야기를 나눈 건지 궁금해 미칠 지경이었다.

"한 방이라고 말씀드렸잖습니까."

흉켈 슈미츠는 재차 물어보는 아버지 때문에 귀찮다는 듯이 대답하였다.

"한 방? 5등급 엘리트 몬스터인 썬더 라이온을 네 주먹질 한 번으로 잡았다고?"

"네."

"무기로 그런 것이 아니라 정말로 그 의수로?"

"그렇다니까요. 이 주먹으로 그것을 잡았습니다."

흉켈 슈미츠는 거듭 이야기를 하면서 귀찮아 마정석만 꺼내온 썬더 라이온의 사체를 가지고 오지 않은 것을 후회하였다.

썬더 라이온의 사체도 꽤 돈이 되기는 하지만, S급 헌터인 그는 굳이 귀찮게 사체를 이곳으로 가져오고 싶지 않았다.

그래서 몬스터 사체에서 가장 돈이 되는 부분인 마정석만 빼 온 것이었다.

이는 자신이 5등급 몬스터를 잡았다는 표시로 가져온 것 이상도 이하도 아니었다.

S등급 헌터쯤 되면 겨우 5등급 몬스터의 마정석 한 개를 위해 몬스터 사냥을 할 필요가 없기 때문이다.

즉, 있어도 그만 없어도 그만인 것이 5등급 몬스터의 마정석이었다.

S등급 헌터는 몬스터를 사냥해 버는 것보단 의뢰를 통해 버는 금액이 훨씬 크기 때문에 그러했다.

그럼에도 썬더 라이온의 마정석을 챙겨온 것은 조금 전에도 이야기를 했다시피 그것은 자신이 의수를 테스트한 증거일 뿐이었다.

"이제 테스트도 끝냈으니 당장 던전에 다시 들어가 몬스터들을 토벌해야죠."

한시라도 빨리 몬스터들에게 복수를 하기를 원하는 훙켈은 아버지인 발터 슈미츠를 보며 그렇게 이야기하였다.

하지만 던전에 들어가는 것은 이제 자신들만의 문제가 아니게 되었다.

이는 첫 던전 토벌이 실패하면서 외부에 구원 요청을 한 탓에 그들과 협의를 해야만 했다.

더욱이 현재 영국과 자신들이 협력하여 던전에 들여보낸

전력이 3분의 1로 줄어들었기 때문에 이를 보충하는 문제
도 남아 있었다.

그러니 훙켈이 원하는 것처럼 바로 몬스터 토벌을 하러
갈 수는 없었다.

4. 2차 토벌과 위기의 미국

날이 밝자 캠프는 무척이나 소란스러워졌다.

그도 그럴 것이, 던전의 몬스터 토벌의 주역 중 한 명인 흉켈 슈미츠가 부상으로 빠졌다가 다시 복귀하였기 때문이다.

그것도 엄청나게 강해져서 말이다.

흉켈 슈미츠가 잃은 오른팔 대신 한국에서 온 S등급 헌터이자 세계 최강자인 재식으로부터 아티팩트 의수를 이식받았다는 것은 캠프 내에 이미 널리 알려진 사실이었다.

그런데 그 아티팩트 의수가 단순히 원래의 손의 역할만

하는 것이 아닌 것이 문제였다.

홍켈과 그의 아버지 발터 슈미츠의 대화를 통해 의수 아티팩트가 엄청난 위력을 가지고 있다는 사실이 퍼진 탓이었다.

그렇게 사람들의 시선이 다시 한번 재식에게 몰려들었다.

아티팩트를 제작할 수 있는 사람이 있는데, 그 사람이 헌터로서도 세계 최강이기 때문이었다.

그래서 잠시 소란이 일기도 했지만, 이곳에 모인 헌터들은 영국과 독일에서 최고라 꼽히는 사람들이다 보니 그러한 소란은 금방 진정되었다.

다만, 헌터들 마음속에 나중에 기회가 된다면 재식에게 자신만의 아티팩트를 제작 의뢰를 하고 싶다는 생각을 가지게 만들었다.

헌터들이 이런 마음을 먹게 된 것은 전적으로 자신의 의수가 마음에 든 홍켈 슈미츠가 자신과 친한 헌터들에게 재식이 만들어 준 의수에 대해 끊임없이 자랑을 한 탓이었다.

생각이야 어떻든 간에 그들은 일단 당장은 복귀한 홍켈을 보며 반갑게 인사를 나눴다.

"오셨습니까?"

"이제 복수할 수 있는 겁니까?"

"몬스터 그놈들을 끝장내러 가죠!"

원래 그의 부하들이던 슈타예거 제3전대의 헌터들은 다시 복귀를 한 흉켈을 환영하며, 몬스터들에게 복수할 수 있게 되었다는 것에 흥분하였다.

"로열 가드와 슈타예거의 충원은 어떻게 됐습니까?"

어제 저녁 급히 계획된 던전 토벌로 인해 재식은 아침 일찍 모인 헌터들을 보며 물었다.

"오늘 새벽에 예비대가 도착하여 충원되었습니다."

슈타예거와 로열 가드는 일전에 1차 던전 토벌을 하러 들어갔다가 심각한 타격을 입고 겨우겨우 탈출했다.

그로 인해 당시 많은 헌터들이 던전 안에서 몬스터에 의해 사망하고, 또 탈출 과정에서 심각한 부상을 입는 등 상당한 결원이 발생했다.

2차 토벌을 하기 위해선 부족한 인원을 보충해야 하는데, 사실 그동안 던전 토벌에 대해 부정적인 생각으로 2차 토벌에 대해선 진척이 지지부진했다.

그도 그럴 것이, 토벌의 주축 중 하나인 흉켈이 심각한 부상으로 토벌대에서 빠질 위기를 겪은 탓이었다.

두 명의 S등급 헌터가 포함이 되었음에도 실패하였는데, 하나 남은 S등급 헌터는 부상을 당한 흉켈보다 능력이 떨어졌다.

그러니 아무리 영국의 로열 가드가 유명하고, 독일의 슈타예거가 강력한 몬스터 사냥꾼이라 해도 무리라 판단하여 진행이 더딘 것이었다.

그 때문에 영국과 독일의 대표들은 자존심을 접고 한국에 도움을 요청하였다.

동맹인 미국에도 도움을 요청할까 생각하기도 했지만, 미국에는 연락을 하지 않았다.

그 이유는 바로 미국이 얼마 전 재앙급 몬스터 웨이브로 상당한 사상자와 재산상 피해가 발생했기 때문이다.

그런데 거기에 대고 동맹이 위험하니 도와 달라고 말을 할 수가 없었다.

비록 자신들이 몬스터 토벌을 하다 S등급 헌터 한 명이 부상을 당해 심각한 상태라 하지만, 그 피해 규모나 상황이 자신들보다 미국의 상황이 더 좋지 않기 때문이다.

더욱이 재앙급 몬스터 웨이브를 큰 피해 없이 성공적으로 막아 냈다지만, 사실 몬스터 웨이브가 완벽히 끝난 것도 아니었다.

그리고 피해 규모도 미국의 덩치에 비해 성공적으로 막아 냈다는 것이지, 영국의 피해와 비교한다면 그 차이는 어마어마하였다.

영국은 아직까지 피해라고 할 것은 몬스터 토벌을 하기 위해 던전에 들어간 헌터들이 몬스터에 의해 희생됐다는 것이다.

거기에 하나 더 붙인다고 해도 토벌을 위해 지급된 장비의 유실 정도였다.

그에 반해 미국은 실질적으로 몬스터에 의해 여러 도시가 쑥대밭이 되었다.

또 밀려드는 몬스터들을 막아 내기 위해 많은 헌터들이 희생되었다.

만약 제때 한국에서 지원군이 도착하지 않았다면, 미국의 피해는 천문학적일 것이 분명했다.

최악의 경우 옛 북한처럼 몬스터에 의해 국가가 전복될 수도 있을 정도로 몬스터 웨이브의 규모나 질이 어마어마하였다.

그런데 한국, 아니, 정확하게 한국의 길드 하나가 미국의 몬스터 웨이브 현장에 투입되면서 양상이 바뀌었다.

처음 보는 아티팩트와 전술을 통해 헌터들을 절망에 몰아넣던 몬스터 웨이브를 막아 냈다.

이러한 모습을 보았기에 영국 총리 제임스 케리건은 레딩의 던전 토벌이 실패하였다는 보고를 받자마자 바로 한국에 도움을 요청한 것이다.

동맹인 미국에게 지원 요청을 고민하던 것과는 다르게 빠르게 조치를 취했고, 이 소식을 들은 재식도 망설이지 않고 이곳 영국으로 건너왔다.

영국으로 건너온 재식이 가장 먼저 한 일은 부상당한

S등급 헌터인 홍켈 슈미츠를 현장으로 복귀시키는 일이었다.

그리고 그 일은 결과적으로 대성공으로 마무리되었다.

새롭게 팔을 이식한 홍켈 슈미츠는 이전보다 전투력이 훨씬 높아졌다.

비록 아주 짧은 테스트였지만, 의수에 만족한 그는 바로 토벌을 진행하자며 제임스 케리건과 발터 슈미츠를 닦달하였다.

그러다 보니 지지부진하던 계획이 급박하게 진행되었다.

토벌의 주체인 홍켈이 직접 나서서 어필하다 보니, 제임스 케리건이나 발터 슈미츠도 더 이상 계획을 늦추지 못하고 진행하게 된 것이다.

그 때문에 피곤해진 것은 다름 아닌 런던과 베를린에 있던 로열 가드와 슈타예거들이었다.

결원된 인원을 보충하기 위해 차출된 그들은 급하게 이곳 레딩까지 와야만 했다.

저벅저벅.

"좋은 아침이야!"

이침이 되어 헌터들이 모여 있는 곳으로 나오던 홍켈 슈미츠는 누군가와 이야기를 하고 있던 재식을 발견하고는 인사를 하였다.

"좋은 아침이야, 흉켈!"

어제 재식이 만들어 준 의수가 마음에 든 흉켈은 재식에게 먼저 친구가 되자고 제안했다.

이에 처음에는 거절을 하던 재식이었지만, 거듭된 흉켈의 요청에 어쩔 수 없이 나이를 떠나 친구가 되었다.

그 과정에서 이야기를 들은 영국의 헨리 윈저 왕자도 뒤늦게 나타나 친구가 되어 한바탕 술판이 벌어졌다.

확실히 남자들이 친목을 다지는 것에는 동양, 서양 가리지 않고 술을 찾는 것은 같았다.

물론 그 술판은 다음날 계획된 던전 토벌로 인해 간단하게 끝났지만 말이다.

다만, 본격적인 친목은 던전의 토벌이 끝난 뒤로 미루어졌다.

그만큼 흉켈이나 헨리 윈저 왕자 두 사람에게 이번 던전 토벌에 임하는 각오가 남달랐다.

승승장구하던 두 사람이 레딩의 던전에서 크나큰 좌절을 맛봤기 때문이다.

더욱이 부상을 당한 흉켈은 물론이고, 자신의 실수 때문에 친구인 흉켈이 헌터로서 치명적인 부상을 당한 것에 헨리 윈저 왕자는 큰 충격을 받았다.

그러니 흉켈이 돌아오자 헨리 윈저 왕자도 던전의 몬스터에 대한 복수심이 그 어느 때보다 강했다.

"헨리는 아직이야?"

흉켈은 주변을 둘러보다가 헨리 윈저의 모습이 보이지 않자 물었다.

"아직 나오지 않았나 봐."

"그래? 뭐 곧 나오겠지."

흉켈은 재식의 대답을 듣고 그렇게 말을 마쳤다.

"참, 그런데 마스터 발터 씨도 이번 토벌에 참가한다고 하던데 정말이야?"

오후에 진행된 회의에서 2차 던전 토벌이 결정되자 헨리 윈저 왕자와 흉켈 슈미츠는 물론이고, 발터 슈미츠까지 이번 던전 토벌에 참가하겠다고 선언했다.

재식과 한국에서 온 헌터들이 참가하니 굳이 필요 없다고 해도 발터 슈미츠는 고집을 꺾지 않았다.

영국의 수장인 제임스 케리건 총리는 독일의 수장인 발터 슈미츠가 토벌에 참가하는 것이 썩 좋지만은 않았다.

한 명이라도 고급 전력이 토벌에 참여하면 분명 도움이 될 것임에도 불구하고, 제임스 케리건은 발터 슈미츠의 참여를 반가워하지 않은 것에는 다 이유가 있었다.

영국과 독일은 이번 레딩의 던전 토벌에 정확하게 절반의 투자와 수익을 나누기로 협의한 상태였다.

하지만 결과적으로 토벌은 실패하였고, 그 때문에 구원투

수로 한국에 도움을 요청하게 되었다.

그로 인해 토벌이 끝나고 50:50으로 나누기로 한 수익은 32:32:36로 바뀌었다.

영국과 독일은 이전처럼 똑같이 분배했지만, 한국의 경우 도움을 주는 것이니 그보다 많은 36의 비율을 배정받았다.

그런데 여기서 독일이 S등급 헌터를 한 명 더 참가한다고 말한 것이다.

그것도 정상급의 S등급 헌터인 발터 슈미츠가.

그렇게 독일 측에서 발터 슈미츠가 참가하게 된다면 영국에서도 그 무게 추를 맞추거나 아니면 배당에서 독일에 양보를 해야만 했다.

하지만 그렇게 하기 위해선 영국에서 발터 슈미츠에 비견되는 헌터가 나와야 하는데 솔직히 그럴만한 인물이 없었다.

영국의 총리인이자 로열 가드의 총단장인 제임스 케리건도 독일의 발터 슈미츠와 비슷한 위치에 있다고는 하지만, 직위상 비슷하다는 것이지 실제 헌터로서의 역량이 비슷한 것은 아니었다.

오랜 시간 정치를 하다 보니 헌터로서 감각이 발터 슈미츠보다 한참이나 떨어졌기 때문이다.

더욱이 총리인 그가 몬스터를 토벌하기 위해 던전에 들어간다는 것도 말이 되지 않았다.

막말로 몬스터가 거리에 뛰쳐나온 것도 아닌데, 직접 던전에 들어가 몬스터를 토벌한다는 것은 총리로서 자격이 없는 것이나 마찬가지였다.

그러니 제임스 케리건의 입장에선 발터 슈미츠가 던전에 들어가는 것을 막아야만 하는 상황인 것이다.

하지만 발터 슈미츠는 그런 정치적인 생각을 하고 토벌대에 합류하기로 한 것이 아니었다.

아무리 지원군이 있고 또 재식이 세계 최강의 헌터라 하지만, S등급 헌터도 부상을 당해 겨우 빠져나온 던전이다.

그런 곳에 또다시 막내아들이 들어가는 것을 그냥 지켜만 볼 수는 없었다.

그러한 이유로 아들을 잃을 수도 있다는 불안감이 들었고, 자신도 참가하겠다고 고집을 부린 것이었다.

다행히 재식이 한국에서 데리고 온 전력이 약하지 않았고, 또 S등급 헌터가 자신만 있는 것이 아니라 한 명 더 있다고 설득하자 겨우 진정되었다.

한편, 그런 이야기를 듣게 된 제임스 케리건은 다시 한번 한국의 헌터 전력에 놀라워하였다.

한국에는 재식을 포함해 네 명의 S등급 헌터가 있다고 알려져 있었다.

세계 최강이라 불리는 재식을 빼더라도 이전부터 명성이 자자한 세 명의 S등급 헌터도 세계적인 기준으로 상위권이라 평가받아 왔다.

대격변 당시 북한을 휩쓸고 나중에는 휴전선까지 밀려들던 대규모 몬스터 웨이브를 막아 낸 뇌신 김현성.

위기에서 수도 서울을 지켜 낸 무신 이용진.

적은 수의 헌터들의 서포트를 받으며 도심 한복판에 나타난 재앙급 몬스터를 사냥한 괴물 백강현.

이 세 사람의 무력은 결코 발터 슈미츠에 뒤지지 않는다고 알려져 있었다.

이들만으로도 동북아시아의 작은 나라인 한국에 어떻게 그렇게 강력한 헌터가 계속해서 나타나는지 의아해할 정도였다.

한데 설마 또 다른 S등급 헌터가 나올 것이라고는 상상도 못 했다.

인구 4,000만 정도도 못 미치는 한국이었다.

그러한 곳에 다섯 명이나 되는 S급 헌터가 나타난 것이 제임스 케리건이나 발터 슈미츠의 입장에선 기가 막혀 말이 나오지 않을 일이었다.

어쨌든 이로서 토벌에 참가하는 S급 헌터는 총 네 명이 되었고, 그 때문에 고집을 부리던 발터 슈미츠도 결국 뜻을 굽히고 이번 2차 토벌을 지켜보기로 하게 되었다.

그리고 제임스 케리건이나 발터 슈미츠는 헨리 윈저 왕자와 흥켈에게 비밀리에 임무를 하나 주었는데, 그것은 바로 한국의 새로운 S등급 헌터의 능력을 잘 관찰하라는 것이었다.

이제 겨우 20대 후반인 새로운 S등급 헌터가 혹시 재식과 비슷한 능력을 가진 것은 아닌가하는 의심이 들었기 때문이다.

만약 그렇다면 이것은 뭔가 다른 존재가 개입된 것으로밖에 생각되지 않았다.

그들이 그러한 의심을 할 수밖에 없는 이유가 있었다.

바로 유럽에서 실제로 그런 일이 발생하고 있기 때문이었다.

그리스의 천사 강림 사건 이후 천사와 접촉한 몇 명이 실력에 관계없이 S등급 헌터가 되는 일이 발생하였다.

이는 바티칸으로부터 신의 축복으로 인해 발생한 것이라고 보증하면서 유럽의 많은 나라들이 로마교황청으로 몰려들었다.

영국이나 독일과 같이 S등급 헌터를 두 명 이상 보유한 나라들은 그렇게까지 호들갑을 떨지 않았지만, S등급 헌터가 없는 국가들의 입장은 또 다를 수밖에 없는 것이었다.

그 이면에는 천사와 접촉하면 축복을 받아 S등급 헌터가 될 수 있다는 이야기가 떠돌았기 때문인데, 한 명이라도 S등급 헌터를 보유하고 싶은 작은 유럽 국가들에게는 바티칸의 말이 구원과도 같은 이야기처럼 느껴졌다.

그리고 실제로 몇몇 나라에서 S등급 헌터가 탄생하면서 유럽의 관심이 바티칸으로 몰렸다.

그러니 혹시 한국도 그와 비슷한 존재가 있는 것은 아닌가 하는 의심이 들었다.

제임스 케리건이나 발터 슈미츠가 그런 의심을 하는 것은 그만큼 한국에 S등급 헌터가 많이 나온 탓이었다.

땅의 크기나 인구수에 비해 S등급 헌터의 비율이 가장 많은 나라가 바로 한국이었다.

기존 네 명의 S등급 헌터 보유도 엄청난 일인데, 새로운 다섯 번째 헌터가 탄생을 했으니 말이다.

그것도 국가적으로 최강의 헌터를 모집한 영국이나 독일과는 다르게 자율적으로 만들어진 일반 헌터 길드에서 S등급 헌터가 두 명이나 포함되어 있었다.

그들뿐만 아니라 누가 보더라도 참으로 놀라운 일일 것이었다.

그러면서 두 사람은 재식이 결성한 언체인 길드를 다시한번 주목하게 되었다.

물론 S등급 헌터라고는 하지만, 이제 막 S등급이 되었을 것이니 그렇게 큰 영향력을 행사하기는 힘들 것이라 생각했다.

하지만 세계 최강의 헌터인 재식과 함께라면, 그 시너지 효과는 이루 말을 할 수가 없을 정도로 좋을 것을 제임스 케리건이나 발터 슈미츠는 잘 알고 있었다.

실제로 두 사람이 이끌고 있는 로열 가드나 슈타예거의 경우 그 명성을 크게 떨치게 된 것도 사실 조직 안에 초인이라 불리는 S등급 헌터를 두 명이나 보유하고 있었기 때문이다.

당시 재앙급 몬스터인 6등급 보스 몬스터를 잡기 위해선 최고의 헌터들만을 모아야 했다.

그러기 위해선 국가적인 권력이 필요하였고, 영국 왕실과 독일 정부는 자신들의 권력을 이용해 그러한 헌터들을 모집해 조직을 꾸렸다.

다행히도 그들은 국가 위기를 받아들여 왕실과 정부의 뜻을 따라 주었다.

그렇게 영국과 독일에서 로열 가드와 슈타예거가 탄생하고, S등급 헌터이던 제임스 케리건과 발터 슈미츠가 각각 로열 가드와 슈타예거의 수장이 되었다.

그 당시만 해도 이 두 조직은 크게 주목받지 않았다.

하지만 시간이 흐르고 로열 가드와 슈타예거에서 단장 외에도 새로운 S등급 헌터가 탄생하면서 다수의 S등급 헌터보유가 알려지게 되었다.

그러다 보니 자연스레 로열 가드와 슈타예거는 전 세계적인 명성을 떨치게 된 것이다.

그런데 이 두 조직 외에는 아직까지 복수의 S등급 헌터를 보유한 집단이 나오지 않았다.

그도 그럴 것이, 국가적 권력에서 만든 단체인 로열 가드나 슈타예거와 다르게 다른 나라에서는 S등급 헌터를 강제할 수 있는 수단이 없었다.

아니, 국가적 권력이 개입하더라도 S등급 헌터 본인이 가진 무력으로 그러한 것을 거부하였다.

그만큼 S등급 헌터에게는 힘이 있었다.

막말로 그러한 헌터를 강제하려고 한다면 어떤 일이 벌어질지 예단할 수 없었다.

그 헌터가 국가에 충성심이 투철하지 않는 이상 반발할 것이 분명했다.

만약 그렇게 되었다가는 자칫 S등급 헌터가 외국으로 망명할 수도 있었다.

그들은 그럴 능력이 충분했고, 그 일이 정말로 이루어진다면 그들이 원래 소속된 국가는 뼈아픈 손실이 발생하게 되는 것이었다.

실제로 몇몇 국가에서는 그러한 일이 발생한 적이 있었다.

그런 기회를 호시탐탐 노리고 있던 미국은 억압하려는 국가를 피해 망명하려는 헌터들을 자국에 받아들이면서 헌터 전력을 키웠다.

하나 그러한 초강대국 미국조차도 한 단체에 복수의 S등급 헌터를 보유하지는 못하였다.

미국의 경우 정부가 나서면 가능할 수도 있었지만, 미국 정부는 그렇게 하지 않았다.

그 이유는 바로 미국의 경우 지켜야 할 땅이 너무나도 넓기 때문이었다.

그러다 보니 S등급이라는 막강한 전력을 중첩되게 한곳에 묶어 두기보단 여러 곳에 퍼뜨려 국토를 안정화시키는 방법이 더욱 효과적이기에 그런 일을 벌이지 않았다.

＊　　　＊　　　＊

웨에에엥— 웨에에엥—

커다란 스피커에서 요란한 경보음이 울렸다.

그 소리에 들판에서 작업을 하고 있던 사람들이 하던 일을 멈추고 비명을 지르며 어디론가 뛰어가기 시작했다.

까아악!

"사람 살려!"

사람들은 도로가에 세워 둔 자신의 자동차나 트럭에 올라타고는 최대한 먼 곳으로 대피하였다.

개중에는 자신이 살던 집으로 달려가 가족들을 부르고, 급히 집을 떠나기도 했다.

그렇게 사람들이 혼란에 빠져 피난을 가고 있을 때, 리오그란데 강어귀에 있는 던전 하나가 밝은 빛을 뿜어냈다.

구워억!

빛을 뿜어내던 던전에서 요란한 괴성이 울리고, 그와 동시에 던전 안에서 검은 실루엣이 하나 튀어나왔다.

쿵! 쿵!

던전에서 나온 것은 커다란 몬스터 질라였다.

질라는 이족 보행을 하는 몬스터로 그 높이만도 10m에 이르는 커다란 몬스터였다.

꼬리의 길이까지 합치면 무려 18m에 이르는 무시무시한 몬스터.

더욱이 질라는 몸 안에 독을 품고 있어 사냥할 때 그 독을 마치 브레스와 같이 사용하기도 했는데, 이때 그 독을 조금이라도 흡입하게 되면 폐가 녹아 절명할 수 있을 정도로 맹독을 가지고 있었다.

그 때문에 질라는 무려 6등급이라는 높은 위험 등급을 가지고 있었으며, 사냥 시 각별한 주의가 요구되는 몬스터였다.

그런데 던전에서 빠져나오고 있는 몬스터는 비단 질라뿐만이 아니었다.

다수의 질라가 모두 빠져나오자, 이번엔 단단한 갑각을 가진 자이언트 스콜피언이 나타났다.

하나 그것으로 끝이 아니었다.

얼마 지나지 않아 거대 거미 몬스터인 자이언트 타란튤라도 그 모습을 드러냈다.

쉬쉭! 쉬식!

각종 몬스터들은 던전을 빠져나와 서로 싸우지도 않고 마치 명령을 받은 병사마냥 어딘가로 향했다.

그리고 이러한 몬스터들의 움직임을 포착한 인공위성에서는 리오그란데 유역의 상황을 급히 백악관으로 송출하였다.

*　　　　*　　　　*

위잉— 위잉—

한참 업무를 보고 있던 그렌트 대통령은 갑자기 울리는 사이렌에 놀라 소리쳤다.

"뭐야! 갑자기 무슨 일이야!"

업무를 보다 말고 요란하게 울리는 사이렌에 놀라 비서실장에게 물었다.

"대통령님! 큰일 났습니다!"

"그러니까 무슨 큰일이 난 건지 자세히 말을 해 봐!"

"그게 리오그란데에서 몬스터가 다시 나타났다는 보고입니다."

"뭐? 그게 사실이야?!"

그렌트 대통령은 리오그란데에서 몬스터가 나타났다는 보고에 몇 달 전 있던 사건이 머릿속을 스쳐 지나갔다.

'안 돼!'

순간적으로 재앙급 몬스터 웨이브가 떠오른 것이었다.

"어서 부통령과 안보 위원들을 불러!"

몬스터가 나타났다는 말에 그렌트 대통령은 급히 부통령을 비롯한 국가안보 회의 위원들을 부르라고 명령을 내렸다.

그렇게 리오그란데 유역에서 또다시 나타난 몬스터로 인해 미국이 소란스러워지기 시작했다.

*　　　　*　　　　*

율리시스 그렌트 대통령이 안보 회의를 소집하고, 10분도 되지 않아 대통령 집무실로 제레미 라이언즈 부통령을 비롯한 안보 회의 위원들이 몰려들었다.

"대통령님, 리오그란데에 몬스터가 나타났다는 것이 사실입니까?!"

제레미 라이언즈 부통령은 대통령 집무실에 들어오기 무

섭게 방금 전 전해들은 이야기를 물었다.

그도 그럴 것이, 몬스터란 소리에 리오그란데 유역에서 발생한 재앙급 몬스터 웨이브가 오버랩되었기 때문이다.

당시 몬스터 웨이브를 잘 막아 내긴 했지만, 완벽하게 끝낸 것은 아닌 걸 알고 있었다.

그 탓에 리오그란데에 있는 던전에서 몬스터가 나왔다는 이야기에 놀라 다시금 물어보는 것이었다.

"아직 정확한 것은 보고되지 않았으니, 다른 위원들이 오면 함께 듣기로 하지."

처음 이야기를 듣고 어느 정도 시간이 지나자, 조금 진정된 그렌트 대통령은 흥분해 있는 제레미 라이언즈 부통령을 달래듯 진정시켰다.

하지만 그런 노력이 무색하게 뒤 이어 들어오는 위원들마다 방금 제레미 부통령이 한 것과 대동소이한 질문을 하였다.

그 때문에 그렌트 대통령은 한 말을 몇 번이나 되풀이 해야만 했다.

"모두 온 것 같으니 이제 시작하도록 하지. 올드만 국장."

그렌트 대통령은 NSC 위원들이 모두 자리에 착석하자 DHS(국토 안보부) 국장인 올드만을 불렀다.

"네, 대통령님."

자신을 대통령이 호명을 하자, 자리에서 일어난 올드만 국장이 회의실 한쪽 벽에 설치된 스크린을 띄웠다.

"현재 시각 11시 33분. 지금으로부터 15분 전인 11시 18분에 남부 텍사스에 위치한 리오그란데에 있는 R—09 던전에서 몬스터들이 나오기 시작하였습니다."

올드만 국장은 R—09 던전이 활동을 시작한 시각부터 경보가 울린 최초 시각, 그리고 현재 상황에 이르기까지 빠짐없이 보고를 하였다.

이런 올드만 국장의 보고에 그렌트 대통령을 비롯한 NSC 위원들은 안도의 한숨을 내쉬었다.

이들이 안도의 한숨을 쉬는 이유는 우려한 상황까지 치닫지는 않았기 때문이다.

물론 그렇다고 큰 위기가 아닌 것은 아니었다.

다만, 이들이 우려한 상황은 너무나도 엄청난 것이기 때문에 그것과 비교하면 이번 몬스터들의 등장은 사실 애들 장난과도 같은 일이었다.

"그 정도 문제라면 굳이 안보 회의를 할 이유가 없는 것 아닙니까?"

급한 업무를 보다 안보 회의가 열렸다는 소식에 급히 달려온 제임스 고든 국무 장관은 인상을 구기며 대통령 안보 보좌관을 쳐다보았다.

그러자 대통령 안보 보좌관은 그런 제임스 고든 국무 장관의 따가운 시선을 피하기 위해 고개를 돌렸다.

"그렇지 않습니다."

제임스 고든 국무 장관의 발언에 보고를 하던 올드만 국장은 심각한 표정으로 입을 열었다.

"그렇지 않다니?"

올드만 국장의 반대 의견에 그렌트 대통령이 이유를 물었다.

그러자 올드만 국장은 국토 안보부가 분석한 정보를 그렌트 대통령에게 보고하였다.

"당장은 R—09 던전만 활동을 시작했지만, 인근의 R—08이나 R—10에서도 에너지 반응이 미약하지만 나타나기 시작했습니다."

"뭐요?!"

올드만의 보고에 자리에 있던 NSC 위원들은 하나같이 경악을 금치 못했다.

R—09 던전 하나에서 나온 몬스터만으로도 솔직히 인근에 있는 헌터들로 처리가 불가능할 정도인데, 근접한 던전 두 곳에서도 에너지 반응이 포착되었다는 소리에 놀라 소리친 것이다.

다른 지역의 던전과는 다르게 리오그란데 유역에 있는 던전들은 그 성질이 달랐다.

그 던전에는 최소 5등급 이상의 몬스터들이 존재했다.

그것도 군대처럼 훈련이 잘되어 있는 몬스터들이었다.

마치 누군가의 명령이라도 받은 것처럼 몬스터들이 유기적으로 움직였다.

인간이 상대할 수 있는 작은 크기도 아니고, 몸무게만 수 톤에서 수십 톤이 넘어가는 커다란 몬스터들이 유기적으로 움직인다는 것은 그것만으로도 공포였다.

더욱이 몬스터의 규모도 최소 백 단위의 엄청난 숫자의 대형 몬스터들이다.

그러니 이곳에 있는 대통령과 NSC 위원들로서는 놀라지 않을 수가 없었다.

"그럼 그 두 곳도 몬스터가 나올지 모르니, 경계를 해야 한다는 말인가?"

"예, 그렇습니다. 현재……."

올드만 국장은 현재 R—09 던전에서 나온 몬스터만이라면 텍사스와 뉴멕시코, 그리고 오클라호마와 아칸소, 루이지애나같이 인근에 있는 주에서 활동하는 헌터들을 소집하여 막아 낼 수 있었다.

하지만 방금 전 언급한 R—08이나 R—10과 같이 근접한 던전에서 공명하여 몬스터들이 쏟아져 나온다면, 인근에 있는 헌터들만으로는 감당하기가 힘들었다.

더욱이 재앙급 몬스터 웨이브 당시 포착된 초월급 몬스터의 모습은 아직 보이지 않고 있었다.

만약 그것까지 등장한다면 제2의 재앙급 몬스터 웨이브가 재현될 수가 있었다.

그 때문에 올드만 국장은 제2의 재앙급 몬스터 웨이브가 발생하기 전에 던전 하나에서 나온 몬스터들을 최대한 신속하게 처리할 것을 주장했다.

"그러니 최대한 빠른 시일에 R—09에서 나온 몬스터들을 정리해야 한다고 판단됩니다."

올드만 국장의 보고가 끝나자 그렌트 대통령이 물었다.

"그게 국토 안보부의 판단입니까?"

"네, 그렇습니다, 대통령님."

대통령의 질문에 올드만 국장은 굳은 표정으로 힘 있게 대답을 하였다.

"흠……."

그렌트 대통령은 자신의 질문에 확고한 대답을 한 올드만 국장의 말에 침음을 흘렸다.

그 또한 조금 전 올드만 국장의 말이 결코 흘려들을 이야기가 아님을 알고 있었다.

하지만 다시 한번 재앙급 몬스터 웨이브를 막아 낼 것을 생각하는 것만으로도 두려움이 일었기에 자신도 모르게 그러한 반응을 보인 것이다.

"그들만으로는 불가능한 일인가?"

제레미 라이언즈 부통령은 조심스럽게 물었다.

"그들이라면 누굴 말씀하시는 것입니까?"

"누군 누군가? 댈러스에 있는 이들이지."

제레미 라이언즈 부통령이 언급한 이들은 바로 텍사스 주 댈러스에서 활동하고 있는 한 헌터 길드를 말하는 것이었다.

그들은 미국의 자랑인 어벤져스나 디펜던스에는 미치지 못하지만, 그래도 S등급 헌터를 보유한 대형 헌터 길드였다.

"음, 레인저스라고 해도 그들만으로는 시간이 걸릴 듯합니다. 이번에 R—09에서 나온 몬스터들을 살펴보면 최소 6등급 몬스터들이었습니다."

"허!"

NSC 위원들은 방금 전 올드만 국장이 한 발언에 깜짝 놀랐다.

재앙급 몬스터 웨이브 당시도 가장 약한 몬스터들조차 5등급 이상이었다.

그런데 R—09에서 나온 몬스터들은 그보다 한 단계 높은 6등급 몬스터라고 하였다.

그 말은 아무리 S등급 헌터가 있는 대형 헌터 길드라고 해도 그들만으로는 이번 사태를 빠르게 수습하는 것이 쉽지 않다는 것을 시사했다.

아니, 어쩌면 불가능하지 않을까라는 생각이 들 정도가

되었다.

"그리고 이건 참고해서 들어주시기 바랍니다."

조용히 회의를 지켜보고 있던 조나단 샌더슨 CIA 국장이 나서며 이야기하였다.

"얼마 전 영국에서 로열 가드 2개 전대와 독일의 슈타예거 1개 전대, 그리고 다수의 고위 헌터들이 포함된 200여 명의 헌터들이 레딩에 있는 던전에 들어갔다가 나온 일이 있었습니다."

조나단 샌더슨은 CIA가 영국에서 포착한 정보를 NSC 위원들에게 들려주었다.

"그게 어떻다는 것인가? 영국과 독일이 손을 잡고 던전 하나를 토벌하는 것은 흔하진 않지만, 충분히 가능하지 않나? 영국 제임스 총리와 독일의 발터 슈미츠가 친한 사이이니 그리 이상할 것은 없을 텐데 말이야."

제임스 고든 국무 장관는 그게 무슨 특별한 정보인가 싶어 그리 말하였다.

"사실 중요한 것은 두 나라가 함께 던전 토벌을 했다는 것이 아닙니다."

잠시 이야기를 끊고, 한 차례 좌중을 둘러보았다.

그러자 그를 지켜보던 그렌트 대통령과 NSC 위원들은 자신도 모르게 긴장하며 그를 주시했다.

꿀꺽!

누구의 목에서 나는 소리인지는 모르겠지만, 회의장 안에 침 넘어가는 소리가 들렸다.

어느 정도 집중을 하는 것을 느낀 조나단 샌더슨은 눈을 부릅뜨며 말을 이어 갔다.

"던전에 들어간 헌터 중 30%만이 던전에서 빠져나왔고, 이들 대부분은 크고 작은 부상을 입었다고 합니다. 특히!"

말을 하던 조나단 샌더슨은 마지막 특히 라는 말에 강조하며, 큰소리로 이야기를 하였다.

"당시 토벌대에는 S등급으로 알려진 헨리 왕자와 발터 슈미츠의 막내아들인 훙켈 슈미츠 또한 포함이 되었는데, 던전을 빠져나올 당시 훙켈 슈미츠는 한쪽 팔을 잃은 상태였다고 합니다."

"뭐라고?"

S등급 헌터 중에서도 상당한 실력자라고 알려진 훙켈 슈미츠가 한쪽 팔을 잃을 정도로 심각한 부상을 당하고 던전에서 겨우 빠져나왔다니.

경악할 만한 내용에 NSC 위원은 물론이고, 그렌트 대통령까지 깜짝 놀랐다.

영국의 로열 가드나 독일의 슈타예거의 경우 미국이 자랑하는 어벤져스나 디펜던스보다 우위에 있는 단체로 인식되어 있었다.

물론 미국인들은 자신들의 자랑이 더 강하다 주장하지만,

객관적인 지표로서 어벤져스나 디펜던스보다는 로열 가드와 슈타예거가 한 수 위였다.

그런데 그런 로열 가드와 슈타예거 전대가 던전 하나를 토벌하지 못하고 패퇴를 하였다.

그것도 S등급 헌터 두 명이 포함된 전력을 가지고도 말이다.

이런 조나단 샌더슨의 보고에 사람들은 좀처럼 그 사실을 믿으려 하지 않았다.

하지만 미국의 대외 정보를 취급하는 CIA의 수장이 굳이 자신들에게 거짓된 정보를 들려줄 이유가 없기에 대통령과 NSC 위원들은 심각한 표정이 되었다.

'설마……'

순간 이들의 머릿속에 무언가 떠오르는 것이 있었다.

"그들이 들어간 던전도 리오그란데의 던전과 비슷한 종류의 것이라 말하는 것인가?"

그렌트 대통령은 머릿속에 떠오른 의문을 그대로 물었다.

"저희의 판단은 그렇습니다. 만약 전에 본 초월급 몬스터가 있다면, 아무리 S등급 헌터가 두 명이나 포함되어 있더라도 그 정도 피해만으로 빠져나오지는 못했을 것이기 때문입니다."

조나단 샌더슨은 영국 레딩의 던전과 R—09의 전력이 비슷하다고 판단하였다.

다만, CIA가 판단하기에 재앙급 몬스터 웨이브 당시 나타난 초월급 몬스터는 없을 것이란 판단도 내렸다.

　그만큼 당시 나타난 초월급 몬스터는 감히 마주하는 것만으로도 헌터들을 굳게 만들었기 때문이다.

5. 2차 토벌대의 던전 탐사

레딩에 있는 던전의 내부에 2차 토벌대가 사주경계를 하며 조심스레 걷고 있었다.

1차 토벌대가 몬스터 토벌에 실패하고 보름 정도가 지난 시점이었다.

그리고 1차 토벌의 실패로 결원이 생긴 로열 가드와 슈타예거의 전대들은 각국에서 충원을 받아 다시 2개 전대와 1개 전대를 꾸렸다.

다만, 1차 토벌 때 이들을 지원하기 위해 각 지방에서 올라온 헌터들은 너무나도 큰 희생으로 인해 2차 토벌에는 빠지게 되었고, 그들을 대신해서 한국에서 온 언체인 길드와 한국 헌터 협회에서 보내 준 헌터들이 그들을 대신하였다.

저벅저벅.

1차 토벌 때와의 가장 큰 차이점이라면 2차 토벌대는 이전과 다르게 넓게 포진하여 전진하였다.

또한 1차 때는 가장 무력이 강한 흉켈과 슈타예거 전대가 전면에 섰는데, 이번에는 재식과 언체인 길드의 헌터들이 전면에 서게 되었다.

그 뒤로는 대한민국 헌터 협회에서 보낸 헌터, 그리고 다음으로 로열 가드 2개 전대가 포진하였다.

마지막으로 혹시나 모를 기습을 염려하여 S등급 헌터인 흉켈과 헨리 윈저 왕자가 후위를 맡았다.

사실 처음 이러한 포진을 이야기했을 때, 흉켈 슈미츠가 상당한 반대를 했다.

그 이유는 새로운 팔을 장착한 자신감과 동료와 자신의 오른팔을 잃은 복수심 때문인데, 그 탓에 조금이라도 빨리 몬스터를 상대하고 싶은 마음이 앞섰다.

하지만 몬스터 토벌은 단순한 복수심으로 진행할 수 없다는 영국 정부의 입장과 흉켈 슈미츠의 아버지이자 슈타예거의 총전단장인 발터 슈미츠의 주장으로 인해 반려되었다.

그렇게 새롭게 만들어진 진형은 안전을 최우선하여 짜여

지게 되었다.

던전 내 몬스터 토벌을 위해선 애초 계획대로 가장 무력이 강한 헌터와 집단이 전위를 맡고, 가장 약한 단체가 중앙에 서기로 했다.

그리고 차순위로 전투력이 강한 집단이 후위를 맡아 토벌대의 안전을 담당하기로 하였다.

그러다 보니 처음에는 로열 가드나 슈타예거, 그리고 언체인 길드의 헌터 간에 작은 힘겨루기가 있었다.

하나 대한민국 다섯 번째 S등급 헌터가 된 최수형이 자신의 힘을 드러내고자, 언체인 길드에게 전위를 양보할 수밖에 없게 되었다.

그렇게 단체 간의 힘겨루기가 끝나고, 던전 토벌은 아무런 걸림돌 없이 순조롭게 흘러갔다.

몬스터가 나타나면 언체인 길드에서 정찰조로 나간 최수형과 헌터들이 미리 처리해 버렸다.

최수형과 정찰조 헌터들은 본대보다 30m 정도 선두에서 던전을 정탐하였는데, 이는 혹시 모를 기습을 대비하기 위한 것도 있고 언체인 길드가 몬스터 토벌을 하는 기본 대형이기에 이런 진형을 만들어 던전을 돌았다.

그런데 이상한 것이 하나 있었다.

그것은 바로 1차 토벌대에서 들던 것과 다르게 던전 내 몬스터들이 그리 많지 않다는 것이다.

1차 토벌대가 어느 정도 몬스터의 숫자를 줄인 것은 맞았다.

하지만 그렇다고 해서 이렇게까지 몬스터가 보이지 않는다는 건 무언가 이상한 일.

만약 이 정도 몬스터만 남아 있었다면, 7등급 헌터로 구성된 로열 가드와 슈타예거의 전대 120명 그리고 이들을 보조하는 6~7등급으로 구성된 헌터들이 그렇게까지 초라하게 후퇴할 이유가 없었다.

게다가 흉켈 슈미츠와 헨리 윈저 왕자라는 S등급 헌터 두 명이 포함되기까지 했으니 말이다.

"정찰조, 더 이상 전진하지 말고 제자리를 지켜라!"

2차 토벌대의 대장이 되어 헌터들을 진두지휘하던 재식은 이상한 느낌이 들어 정찰조에게 전진을 멈추라는 지시를 내렸다.

더 이상 정찰조를 운용하는 의미가 없다는 판단에서였다.

"무슨 일 있어?"

뒤에서 본대를 따라오고 있던 흉켈과 헨리 윈저 왕자가 급히 재식이 있는 곳으로 다가와 물었다.

무전을 통해 토벌대가 잠시 정지하자, 이유를 알기 위해 다가온 것이었다.

"두 사람은 지금 상황이 이상하다는 생각이 들지 않아?"

"글쎄? 뭐가 이상하다는 건데?"

"몬스터가 너무 적게 나타나서 말이야."

재식의 말을 들은 두 사람이 잠시 생각에 잠겼다.

그러고는 이내 입을 열었다.

"흠, 그거야 그렇지. 하지만 우리는 2차 토벌대잖아."

"그래. 예상보다 몬스터가 많이 보이지는 않지만, 그거야 1차 때 우리가 숫자를 줄인 것 때문에 몬스터들이 던전 깊숙이 들어가 그런 것 같은데."

흥켈과 헨리는 이곳까지 들어오면서 몬스터를 별로 상대하지 못한 것은 알고는 있었지만, 그다지 이상하게 생각하지는 않는 듯했다.

그저 자신들이 1차 토벌 때 조금 처리를 했기 때문에 그럴 것이라는 막연한 추측만을 할 뿐이었다.

하지만 재식의 감각에는 던전 내 몬스터가 있기는 하지만, 듣던 것보다 훨씬 숫자가 적었다.

지금까지 던전에 들어와 상대한 몬스터도 겨우 일곱 마리 정도였다.

그것도 6등급 다섯 마리와 6등급 몬스터 중에서 비교적 약하다 평가를 받고 있던 케이브 오거 두 마리뿐이었다.

케이브 오거는 그 이름에서도 알 수 있듯, 동굴에 사는 오거로 숲에 살고 있는 오거보다 훨씬 약했다.

그래서 일부 헌터들은 숲에 사는 오거와 비교해 케이브 오거를 스몰 오거라 부르기도 했다.

그도 그럴 것이, 약한 것도 약한 것이지만, 기본적으로 6m 이상으로 자라는 오거에 비해 케이브 오거의 크기는 다 자라도 5m가 되지 않기 때문이었다.

다만, 공간이 한정된 던전이나 동굴 속에 서식을 하다 보니, 상대하기가 까다로울 뿐이었다.

하지만 지금 레딩의 던전에 들어온 2차 토벌대의 구성을 보면 이런 케이브 오거 정도는 솔직히 여섯 명의 파티 구성으로도 충분히 잡을 수 있는 수준이었다.

그러니 6등급 몬스터 몇 마리를 잡기 위해 이렇게 조심스럽게 움직이는 것은 심력과 체력의 낭비라 할 수 있었다.

그래서 재식은 주변에 느껴지는 몬스터들이 그리 위험하지 않다 판단하고, 새롭게 토벌대의 진형을 재편하기 위해 헌터들을 불러 모았다.

"무슨 일이야?"

언제 다가왔는지 정찰조에 있던 최수형이 다가와 물었다.

"일단 주변에 느껴지는 것이 별로 없어 토벌대의 진형을 다시 재편하는 것이 이번 임무에 더 적합할 것 같아 불렀다."

재식은 최수형까지 이렇게 모이게 되자 자신의 생각을 말했다.

"그래? 그럼 어떻게 하려고?"

최수형은 별다른 설명이 없어도 재식의 감각이 엄청나다

는 걸 알아 바로 수긍하고 물었다.

하지만 흉켈이나 헨리 원저 왕자의 경우 던전에 대해 자신들보다 알지 못하는 재식이 이렇게 확신에 차서 이야기를 하자 의문에 휩싸였다.

'뭐지?'

'던전에 대해 뭔가 알고 있는 것이라도 있나?'

그들이 보기에는 너무나도 이상했다.

재식이 아무리 세계 최강의 헌터라 하지만, 처음 들어오는 던전에 대해 너무나도 잘 알고 있는 듯이 행동하고 있었기 때문이다.

그런데 더욱 의문스러운 것은 재식과 함께 온 한국의 또 다른 S등급 헌터는 아무런 의심도 하지 않고 그의 이야기를 듣고만 있는 것이다.

"일단 헌터들을 나눠 몬스터들을 소탕하자."

"소탕?"

재식이 토벌대를 나눠 던전 내 몬스터들을 소탕하자고 하자, 깜짝 놀란 헨리 원저 왕자가 소리쳤다.

그러면서 전에 자신들이 던전 안에 들어왔다가 오히려 몬스터들에게 전멸할 뻔한 기억이 떠올랐다.

던전 안에 있는 몬스터들은 예전 자신이 알고 있던 몬스터들보다 똑똑했다.

밀어붙일 때와 뒤로 빠질 때를 알고 있었고, 때로는 기습도 하였다.

그러니 아무리 재식이 S등급 헌터라 하지만, 걱정이 되는 건 어쩔 수 없었다.

"내 감각으로는 던전 내부를 모두 파악할 수는 없지만, 나를 기준으로 반경 200m 내에는 모두 파악이 되고 있다."

"뭐?!"

"그게 정말이야?!"

훙켈과 헨리는 재식의 말에 깜짝 놀랐다.

아무리 S등급 헌터라도 이런 던전 내에서는 필드보다 감각이 대폭 줄어든다.

그런데 지금 재식의 말은 자신들이 필드에서 느끼는 감각보다 더 넓은 범위를 파악하고 있다는 것이었다.

"그럼 굳이 정찰조를 세울 필요도 없었잖아?"

문득 이상한 생각이든 헨리 윈저 왕자가 재식에게 물었다.

방금 한 말이 사실이라면 토벌대 본대 앞에 정찰조를 세울 필요가 없었기 때문이다.

"아, 그거?"

재식은 이야기를 하다 말고 씨익 미소를 지으며 최수형을 쳐다보았다.

"응?"

재식이 이야기를 하다 말고 최수형을 쳐다보자, 헨리 윈저 왕자와 훙켈 슈미츠도 눈을 깜빡거리며 최수형을 돌아보았다.

"저놈이 S등급 헌터가 되기는 했지만, 아직 진입 단계다 보니 훈련을 좀 시키려고 정찰조에 넣은 거였어."

재식의 설명에 훙켈은 고개를 끄덕였다.

로열 가드의 보호 속에서 S등급 헌터가 된 헨리 윈저 왕자야 재식이 무엇 때문에 그런 일을 벌인지 제대로 그 의미를 알지 못하겠지만, 훙켈은 달랐다.

아버지 발터 슈미츠를 따라 몬스터를 상대하면서 실력을 키워 왔기에 훙켈은 지금 재식이 한 말이 어떤 의미인지를 단번에 깨달았다.

"와, 대단한데. 설마 언체인 길드에서는 그렇게 S등급 헌터를 양성하는 거였어?"

"그렇지. 실전만큼 실력을 늘리는 방법은 없으니까!"

훙켈 슈미츠의 질문에 재식은 빙그레 미소를 지어보이며 대답하였다.

조금 전 재식이 한 이야기의 뜻은 그다지 어려운 것은 아니었다.

실전을 통해 최수형이나 정찰조에 속한 헌터들의 실력을 끌어올리면서도 자신의 감각 안에 두어 위급한 순간 개입할 수 있게 여지는 남겨 둔다는 이야기였다.

그러한 뜻을 알아들은 홍켈은 언체인 길드에 속한 헌터들이 참 부럽다는 생각이 들었다.

지금이야 그도 S등급 헌터 중에서 상급에 속하는 헌터였지만, 그 경지에 오르기까지 수많은 위기를 겪었다.

그런데 지금 최수형을 비롯한 언체인 길드의 헌터들은 자신과는 다르게 실전을 하면서도 강력한 존재의 보호 아래 실력을 키우고 있는 것이다.

아무래도 실전을 하면서 절대로 죽지 않는다는 믿음이 있다 보니, 언체인 길드의 헌터들은 매순간 자신의 모든 역량을 시험할 수 있었다.

최고의 롤 모델이 있고, 또 최고의 장비가 제공되며, 절대로 죽지 않게 최고의 서포트를 받기까지 한다.

그렇게 현장에서 실전을 치루는 언체인 길드의 헌터들이다 보니, 로열 가드나 슈타예거에 비해 역사가 짧음에도 세계에서 가장 강한 집단 중 하나가 된 것이리라.

그리고 이제 겨우 20대 후반에 불과한 최수형이 헌터의 정점이라 할 수 있는 S등급 헌터가 된 배경을 알 수 있었다.

'이러다 또다시 언체인 길드에서 S등급 헌터가 나오는 거 아니야?'

홍켈 슈미츠는 그런 생각이 들었다.

세계 최강의 헌터가 이렇게까지 지원하고 있는데, S등급 헌터가 더 나오지 않을 것이라고는 생각되지 않았다.

아니, 한 명이 아닌 더욱 많은 S등급 헌터가 나올 확률이 높았다.

그의 예상은 틀리지 않았다.

그럴 수밖에 없는 것이, 언체인 길드 내에는 조금만 깨달음을 얻으면, S등급 헌터가 될 만한 후보들이 여럿 있었다.

"일단 흉켈은 원래 지휘를 하던 슈타예거들을 데리고 저기 저곳으로 가서 보이는 몬스터들을 처리해 줘."

재식은 자신들이 있는 곳에서 세 시 방향에 있는 길을 가리키며 지시를 내렸다.

"헨리는 로열 가드 2전대와 함께 그 뒤에 있는 길로 들어가고, 흉켈과 마찬가지로 나오는 몬스터들을 처리해 줘. 그리고 수형이 너는……."

재식은 그렇게 흉켈과 헨리 윈저 왕자, 그리고 최수형에게 각각 슈타예거 전대와 로열 가드 전대들을 분배해 갈림길 하나씩을 맡기로 했다.

뿐만 아니라 자신을 뺀 언체인 길드원도 2개 공대로 나눠 태형과 재환에게 각각 맡겼다.

이들이 있는 곳에서 갈림길은 모두 여섯 개였다.

재식은 이들에게 정면은 제외한 각각 하나의 길을 지정해 주고, 그곳에 있는 몬스터들을 처리한 뒤에 합류하라고 하였다.

그러면서 자신은 혼자서 계속해서 앞에 있는 길을 전진하며, 보이는 몬스터를 처리하겠다고 덧붙였다.

언뜻 보면 황당해 보이는 계획이었지만, 재식을 경험해 본 언체인 길드원들이나 대한민국 헌터 협회에서 파견된 헌터들은 모두 그 계획에 수긍하였다.

하지만 아직까지 재식에 대해 제대로 알지 못하는 훙켈이나 헨리 윈저 왕자, 그리고 로열 가드와 슈타예거의 헌터들은 의아해할 뿐이었다.

"정말 그대로 해도 되는 거야?"

훙켈 슈미츠는 조심스럽게 물었다.

"응. 가 봐야 6등급 몬스터 몇 마리뿐이 없을 거니까 너무 걱정하지 말고 다녀와."

재식은 걱정할 것 없다는 듯 그들이 들어갈 갈림길 뒤에 있는 몬스터들에 대한 위험 등급을 알려 주었다.

감각에 이들에게 그리 큰 위험이 없을 것이 느껴졌다.

그래서 재식은 적절하게 전력을 분배하여 비교적 강한 몬스터들이 있는 곳에는 이들 중 가장 강한 훙켈을 보냈고, 그 다음으로 강한 헨리 윈저 왕자와 그와 손발이 잘 맞을 것 같은 로열 가드 1개 전대를 붙여 보냈다.

그리고 이제 겨우 S등급 초입에 이른 최수형에게 남은 로열 가드 1개 전대를 붙여 주었다.

훙켈이나 헨리 윈저 왕자가 들어가는 길에 있는 몬스터보단 못하지만, 수형이 가야 할 곳에도 꽤 강한 몬스터가 존재했다.

하나 최수형이 방심만 하지 않는다면, 충분히 로열 가드의 보조를 받으며 상대할 수 있는 정도의 몬스터였다.

그리고 김태형이나 재환이 가야 할 곳은 이들 세 명이 들어가야 할 곳보다 약한 몬스터들만 존재하기에 언체인 길드원들과 헌터 협회에서 파견한 헌터들만으로 충분히 상대가 가능했다.

이렇게 전력을 나눠 적절하게 분배해 보내고 재식은 가장 많은 몬스터들이 있는 길로 들어갔다.

비록 재식은 혼자이지만, 이렇게 공간이 한정된 곳에서는 차라리 혼자인 것이 편했다.

더욱이 혼자서도 초월급 몬스터까지 상대가 가능한 재식이다.

그러니 지금 그의 발걸음을 막을 몬스터는 던전 안에 존재하지 않았다.

*　　　*　　　*

저벅저벅.

다른 헌터들은 모두 팀을 만들어 갈림길로 들여보내고, 재식은 홀로 가운데 길로 들어갔다.

"흠……."

얼마쯤 걸었을까, 재식은 몬스터는 보이지 않고 뭔가 작은 흔적만이 남아 있는 것을 포착했다.

스윽!

자세를 낮춰 자세히 살펴보던 재식은 이내 그것이 무엇인지 깨달았다.

"이건 몬스터의 잔해 일부인데……."

던전 내부 1차 토벌대가 작성한 보고서에는 참으로 많은 몬스터가 던전 내에 존재한다고 하였는데, 이곳까지 들어오는 동안 재식이 눈으로 확인한 것은 열 마리도 되지 않았다.

그리고 다른 헌터들에게 맡긴 갈림길 내에서 느껴지는 몬스터도 열한 마리였다.

그렇기에 굳이 뭉쳐 다니며 사냥을 할 필요성을 느끼지 못하고, 팀을 나눠 빠르게 정리하기로 하고 그들을 갈림길로 보낸 것이다.

"그러고 보니 이쯤이 1차 토벌대가 후퇴한 근처일 것 같은데?"

주변을 둘러보니 길이 점점 넓어지는 것 같았다.

재식은 뭔가 흔적을 발견하자, 발걸음을 좀 더 빨리 놀렸다.

타타타타!

스윽.

빠르게 걷던 것을 멈춘 재식이 넓게 펼쳐진 던전 내 광장을 살펴보았다.

"여기군."

한정된 던전 내부라고는 느껴지지 않을 정도로 개방된 공간이었다.

"이러니 200여 명의 토벌대와 몬스터들이 전투를 벌일 수 있었지."

공간은 축구장보다 더 넓어 보였다.

하지만 그곳에는 1차 토벌대 희생자와 몬스터의 사체는 하나도 보이지 않았다.

수많은 몬스터를 죽이고, 또 그만큼 많은 헌터들이 이곳에서 죽었다.

그런데 불과 며칠이 지났다고 헌터와 몬스터의 사체가 작은 흔적만 남기고 사라질 수 있단 말인가.

재식은 그러한 의문을 간직한 채 비밀을 찾기 위해 주변을 살폈다.

헌터들과 몬스터들의 전투로 인해 던전은 여기저기 훼손되어 있었는데, 그곳에 몬스터와 헌터들의 피와 살점들이 흩어져 있었다.

스윽.

"아직 다 굳지 않았어."

몬스터와 헌터의 피가 섞인 흔적을 만져 본 뒤 그 감촉을 느낀 재식은 전투가 벌어진 뒤로 며칠이 지났는데, 아직 피가 굳지 않은 것을 확인하고는 눈을 반짝였다.

솔직히 많은 시간은 아니지만, 이 정도 시간이 지났다면 핏물이 어느 정도 굳어 있어야만 했다.

그런데 아직도 굳지 않고 점성을 띤다는 것은 최근까지 이곳에 몬스터들이 존재했다는 이야기였다.

던전 안에 있었을 수십 혹은 수백 마리의 몬스터가 어디로 사라지고, 현재는 고작 스무 마리 정도만 남아 있다.

재식은 여기서 의문을 가지지 않을 수가 없었다.

그 많은 몬스터들이 어디로 간 것인지.

그리고 1차 토벌대가 탈출하는 과정에서 죽인 몬스터의 사체와 그 과정에서 희생된 헌터들의 시체는 어디로 간 것인지를 말이다.

사실 생각해 보면 그 의문의 답은 의외로 간단했다.

죽은 시체가 돌아다니는 언데드, 혹은 마법 생명체인 골램과 정령과 같은 일부 몬스터를 빼고는 거의 대부분이 살아 있는 생명체다.

그러다 보니 생명을 유지하기 위해 먹고 마시는 건 당연한 일.

자신보다 약한 몬스터를 사냥해 잡아먹고, 자신보다 강한 몬스터는 힘을 합쳐 사냥하기도 한다.

그러니 아마도 죽은 몬스터의 사체나 헌터들의 시체는 남은 몬스터들이 먹었을 것이다.

몬스터들은 그렇게 자신보다 강하거나 약한 몬스터를 잡아먹고 힘을 키운다.

"이거 고독을 만드는 방법과 비슷하잖아."

문득 이런 생각이 들었다.

고대 중국에서 아주 강한 독을 만들어 내기 위한 방법으로 항아리를 준비하고 그 안에 독사나 두꺼비, 그리고 지네와 같이 독을 품고 있는 생물들을 집어넣고 입구를 봉인한다.

그렇게 며칠을 놔두면 배가 고픈 항아리 속 독물들이 서로를 잡아먹게 되고, 그렇게 마지막 하나가 남을 때까지 기다리면 최고의 독이 완성되는 것이다.

그런데 이곳 던전 안 몬스터들을 이와 비슷했다.

1차 토벌대가 조우한 몬스터들이 그렇게 강한 이유를 알 수 있었다.

던전 안 몬스터들이 그동안 알려진 던전의 몬스터들보다 위험 등급이 높은 이유를 깨달은 것이었다.

"설마!"

문든 재식은 미국에서 있던 몬스터 웨이브가 떠올랐다.

역대급으로 취급될 만한 사건 중 하나인 미국의 재앙급 몬스터 웨이브.

그 당시 몬스터는 확실하게 정리되지 않았고, 놈들이 원래 나온 곳으로 돌아가며 끝이 났다.

당시에도 등장한 몬스터들의 위험 등급이 그동안 겪어 온 여느 몬스터 웨이브보다 높아 의아해하면서도 상황이 급해 깊이 생각하지 않았다.

하지만 지금 와서 생각해 보니 확실히 알 수 있게 되었다.

"가능하다! 그런 놈이 있었다면 충분히 가능한 일이야!"

재앙급을 넘어 초월급이라 부를 만한 몬스터가 있다면, 충분히 가능한 방법이었다.

위험 등급이 높아질수록 몬스터의 지능이 높아진다는 것은 이제 모두가 알고 있는 정설이다.

최하 5등급 엘리트 몬스터라면 자신보다 강한 몬스터의 명령을 알아듣는다.

실제로도 몬스터 웨이브 당시 몬스터들은 누군가에게 명령이라도 받은 듯이 일사분란하게 움직였다.

"그리고 1차 토벌대가 보고한 것을 보면 여기에 있던 몬스터들의 위험 등급이 하나 같이 6등급 이상이라고 했어. 그렇다는 말은……."

1차 토벌대가 던전 안에서 경험한 것과 자신의 추리를 합치면 결론이 나왔다.

예전에는 게이트 브레이크가 발생하면, 던전 안에서 그냥 쏟아져 나왔는데, 미국에서 벌어진 사건 이후로 다른 양상을 보이기 시작했다는 것이다.

아직 여러 사례가 알려지지는 않았지만, 아마 그것이 시초임은 분명했다.

그리고 바로 이곳 영국 레딩의 던전이 두 번째가 된 것이리라 생각했다.

어쩌면 앞으로 나타날 게이트 브레이크 이후 몬스터들은 이런 식으로 좀 더 강해질 것이라는 예감이 들었다.

"내 생각이 틀리길 바라야 하나."

만약 자신의 생각이 맞는다면, 앞으로 헌터들은 심각한 위기를 겪을 것이 빤히 보였다.

자신이 아무리 많은 아티팩트와 아이템을 만들어 뿌린다고 해도 그 숫자는 전 세계에 있는 헌터들에 비하면 그리 많은 비중을 차지하지 않는다.

한국을 빼고는 일부 국가의 소수 특정인들만이 재식이 제작한 아티팩트와 아이템을 가지고 있을 뿐이다.

정작 그런 장비가 필요한 대부분의 헌터들은 일반 무기와 방어구를 사용하고 있었다.

그런 상태에서 보다 강력해진 몬스터들이 나타나면, 아마 대격변 초기 인류가 겪은 것에 버금갈 정도의 위기를 겪을 수도 있었다.

현재도 출현하는 몬스터는 갈수록 강해지고 있는 추세다.

하지만 인류, 아니, 헌터의 성장은 아직도 고만고만했다.

물론 시간이 흐르면서 각성자들이 대거 출현하고, 또 정령사의 자질을 가진 아이들도 출현하고 있다고는 하지만, 인간의 성장은 몬스터의 성장보다 빠를 수가 없었다.

그도 그럴 것이, 인간은 지금 몬스터들이 사용하고 있는 방법을 따라할 수 없기 때문이었다.

몬스터와 같은 방식을 사용해 강해질 수 있는 헌터는 사실 재식 혼자뿐이었다.

재식의 성장 배경에는 일반적인 헌터와 다른, 몬스터의 DNA가 들어 있었기에 그러한 성장이 가능한 것.

실제로 몬스터보다 더 몬스터의 방법과 같은 과정으로 재식은 지금에 이르렀다.

놀을 사냥하고 오크를 사냥해 그것들의 피를 마시고 마정석을 취했다.

블러드 울프의 피로 마법의 기초를 닦았고, 어스 드레이크의 피와 마정석, 홉 고블린 챠콥을 잡아먹으면서 재식은 성장하였다.

생각해 보니 고독과 비슷한 것은 바로 재식 자신이었다.

온갖 몬스터의 DNA와 경험, 그리고 특성을 빨아들여 자신의 몸에 체화하였다.

그리고 보다 강해지기 위해 신체까지 개조하였다.

그런 것들이 쌓이면서 재식은 세계 최강이란 타이틀을 얻었다.

다른 정상적인 방법으로 S등급의 위치에 오른 헌터를 만나 보았지만, 자신보다 강하다 느껴지는 이들은 한 번도 보지 못했다.

물론 한때 그들이 넘을 수 없는 벽처럼 느껴질 때가 있었지만, 이제는 아니다.

괴물 백강현이 그랬다.

백강현이 꽤 강한 S등급 헌터이기는 하지만, 지금에 와 생각하면 별거 아니란 생각이 들 정도였으니 말이다.

그리고 그보다 더 강하다 알려진 발터 슈미츠 또한 큰 위협으로 느껴지지 않았다.

헌터 협회에서 처음 그와 제임스 케리건을 동시에 보았을 때도 마찬가지였다.

두 사람이 함께 덤벼도 충분히 제압할 수 있겠다는 생각을 한 탓에 그동안 비밀로 하고 있던 아티팩트에 대해서도 밝힐 수 있던 것이다.

"내가 안일해 있던 것은 아닐까?"

재식은 몬스터들이 그렇게 강해진 원인을 알게 된 뒤로 반성하였다.

너무 많은 아티팩트를 제작해 뿌리는 것은 아닌가 하는 생각을 하며, 재식은 그것의 수량을 조절하려고 하였다.

재식이 이런 생각을 하게 된 것은 전적으로 현대 산업의 구조 때문이었다.

대격변 이전에는 산업이 석유와 석탄으로 돌아갔다.

일부 대체 에너지로 태양열과 태양광 그리고 풍력과 조력 등으로 전기를 얻기도 했지만, 가장 많은 에너지를 얻은 방법은 석유와 석탄이었다.

하지만 대격변이 일어나고, 사회는 몬스터와 몬스터에게서 얻어지는 부산물로 돌아가기 시작했다.

석유와 석탄을 태울 때 나타나는 공해 물질도 없고, 핵을 원료로 하는 원자력발전이 없기에 핵 폐기물 누출 사고의 위험도 없었다.

그뿐 아니라 청정에너지라는 태양열이나 태양광, 그리고 풍력발전과 조력발전보다 효율이 훨씬 좋은 자원이 몬스터의 몸에서 채취한 마정석이다.

다만, 마정석은 몬스터의 육체에서만 얻을 수 있었다.

때문에 그것을 잡는 위험만 감수하면, 공해와 위험 요소도 없었다.

그러다 보니 몬스터 산업은 빠르게 발전하였으며, 인류의 위협이 되던 마정석은 석유나 석탄과 같은 자원이 되었다.

또한 몬스터의 가죽과 뼈는 철과 구리와 같은 산업에 없어선 안 될 대체 불가능한 물건이 되었다.

그렇기 때문에 재식이 아티팩트와 아이템을 양산하자, 헌터 협회에서 조심스러운 말이 나왔다.

너무 많은 아티팩트와 아이템의 양산으로 인해 몬스터의 숫자가 급격히 감소할까 우려한 것이었다.

즉, 그들이 하는 이야기는 황금 알을 낳는 거위의 배를 가르는 것과 같을 수도 있다는 말이었다.

그리고 몬스터가 어떻게 해서 나타나게 되었는지, 그 비밀을 알게 된 재식은 그들이 하는 주장이 결코 허황되지 않는다는 생각을 하게 되었다.

인류가 진화하면 어느 순간에 지구를 관리하는 신 또는 그에 준하는 존재가 칸트라 차원과 지구를 연결하는 통로를 차단할 것이다.

비록 그것은 재식의 생각이지만, 슈마리온에게서 전해 들은 이야기를 종합해 보면 아마 그렇게 흘러가는 것이 맞았다.

그런 것을 생각해 보면 인류가 필요로 하는 수의 마정석이 계속해서 공급되면서 몬스터의 숫자가 일정 수 이하로 내려가지 않아야 했다.

그래서 재식은 자신이 만들 수 있는 아티팩트나 아이템의 숫자를 조절하였다.

하지만 그런 생각은 하등 쓸데없는 일이었다.

아직 그런 것까지 생각할 시기가 아닌 것이다.

지금은 인류의 생존을 먼저 생각할 때.

앞으로 몬스터를 자원처럼 활용해야 하니, 개체 수를 조절해야 한다는 생각은 오만이었다.

'나도 기존 재벌들이나 대형 길드와 같은 생각을 하고 있었구나.'

재식은 던전의 흔적을 확인하고 지금의 결론을 내리면서 자신이 얼마나 오만했는지, 그리고 그렇게 자신이 싫어하던 대형 길드나 재벌들과 같아졌는지 깨닫고 반성하였다.

*   *   *

갈림길에서 팀을 나눠 몬스터 토벌을 나간 헌터들과 합류하고, 던전의 끝까지 왔던 토벌대는 더 이상 몬스터가 보이지 않자 주변을 살폈다.

그 많은 몬스터가 하늘로 날아갔는지, 아니면 땅으로 꺼졌는지 레딩의 던전 안에는 더 이상 몬스터가 보이지 않았기 때문이다.

던전에 들어와 이곳까지 오는 동안 토벌대가 잡은 몬스터의 숫자는 모두 서른세 마리였다.

그것들의 모두 6등급이었고, 몇 마리는 6등급 중에서도 엘리트 몬스터들이었다.

하지만 1차 토벌대에 참여한 흥켈이나 헨리 윈저 왕자는 너무나도 적은 숫자의 몬스터로 인해 혼란이 일었다.

그도 그럴 것이, 자신들이 접한 몬스터의 숫자는 못 해도 100마리는 훨씬 넘었다.

그리고 몬스터와 전투를 벌이면서 죽인 몬스터도 수십 마리는 될 것이었다.

그럼에도 던전을 빠져나올 때까지 본 몬스터의 숫자는 그리 줄어든 것처럼 보이지 않았을 정도다.

그렇다는 말은 던전 어디엔가 남은 몬스터들이 더 있다는 이야기가 되었다.

하지만 던전의 끝까지 도착했음에도 주변에는 겨우 서른 마리 정도의 몬스터만 남아 있었을 뿐이다.

그렇다고 그 많은 몬스터를 서른 마리 정도의 몬스터들이 모두 잡아먹었다고 하기에는 믿을 수 없었다.

그 짧은 시간에 그 많은 몬스터들이 죽고 죽였다면, 그 흔적이라도 남아 있어야 했다.

하지만 지금 이곳에는 그런 것도 없었고, 또 그 정도 몬스터가 잡아먹었다면 남은 몬스터들은 지금보다 몇 배는 강해져 있어야만 했을 것이다.

무려 6등급 몬스터를 수십 마리나 잡아먹었을 것이니, 그것들이 가지고 있을 마력이 상당할 터였다.

막말로 그 정도면 재앙급 몬스터가 몇 마리가 존재해도 이상하지 않았다.

"어?! 여기 이상한 것이 있습니다!"

모두가 이상하다 생각하고 있을 때, 슈타예거 소속 헌터 한 명이 소리쳤다.

"뭔데?"

흉켈은 부하의 외침에 고개를 돌리며 물었다.

"출구 같은 것이 보입니다."

"뭐!"

출구란 소리에 흉켈과 헨리는 물론이고, 토벌대 수뇌부가 급히 그곳으로 달려갔다.

그리고 도착한 곳에는 정말로 자신들이 들어온 입구와 비슷한 출입구가 보였다.

비록 던전 내 길이 직선은 아니었지만, 재식이 느끼기에 결코 돌아가는 길은 아니었다.

그런데 던전의 끝에 도착했음에도 입구와 같은 것이 보이자 의문이 생겼다.

'이건 뭐지?'

재식은 제자리에 서서 커다란 검은 벽을 보며 생각에 빠졌다.

"혹시 이 너머로 몬스터들이 빠져나간 것은 아닐까?"

언제 왔는지 최수형이 던전의 출입구로 보이는 벽을 보며 그렇게 말하였다.

"아, 그럴 수 있겠다!"

최수형이 한 말에 헨리 윈저 왕자나 흉켈 슈미츠는 던전 내 보이던 적은 숫자의 몬스터가 어째서 그런 것인지 의문이 해결되었다.

충분히 가능한 이야기.

몬스터들이 이곳으로 나갔다면, 던전 내 소수의 몬스터만 남아 있던 것도 말이 되었다.

문제가 하나 있다면 이 출입구 너머에는 어떤 공간이 펼쳐져 있을 것인지 알 수가 없다는 것이다.

"일단 여기까지 왔는데, 몬스터의 행방이라도 정확하게 알아야 하지 않겠어?"

흉켈은 자신의 생각을 말했다.

"그래. 이 너머에 어떤 상황이 펼쳐져 있을지는 모르겠지만, 확실하게 결론을 내는 것이 좋겠어."

영국의 왕자인 헨리 윈저 또한 자신의 나라에 있는 던전이고, 또 그 안에 있던 몬스터가 굉장히 위험하다는 것을 경험하였기에 이대로 흐지부지 물러날 수는 없었다.

"좋아. 그럼 내가 먼저 저길 넘어갈게."

토벌대 중에서 가장 강한 재식이 먼저 출입구를 나가기로 하였다.

그리고 말이 떨어지기 무섭게 그곳을 통과하였다.

6. 통과하니 미국?

수십 명의 사람들이 한 공간에 모여 분주히 움직이고 있었다.

그중에는 모니터를 보고 있는 사람도 있고, 또 어떤 사람은 군복을 입은 이들끼리 모여 이야기를 하는 등 각자의 업무를 보내고 있었다.

띠띠! 띠딕! 띠!

요란한 비프 소리가 들리지만, 어떤 누구도 그런 소음에는 신경도 쓰지 않았다.

뚜벅! 뚜벅!

"대통령님 입장하십니다."

단정한 정장을 입은 사내가 실내로 들어와 소리쳤다.

척!

그 소리에 자신들끼리 모여 떠들던 사람들은 일제히 하던 일을 멈추고 정자세를 취했다.

"어떻게 되고 있나?"

실내로 들어온 그렌트 대통령은 주변을 둘러보며 물었다.

그러자 실내에 있던 사람 중 한 명이 나서 대답을 하였다.

"현재 텍사스 주 방위군은 맥캘런에 방어선을 치고서 시민들을 대피시키고 있으며, R—09에서 쏟아진 몬스터들은 댈러스의 레인져스와 투손의 체인스 모커 등 대형 길드의 지원을 받아 잘 막아 내고 있습니다."

보고를 한 사람은 재난 대책 본부장인 밀라 요리스였다.

그녀는 재난이 일어나면 현장에서 재난 극복을 위해 진두지휘해야 하지만, 몬스터로 인한 사태에서 만큼은 그녀가 나설 곳이 없었다.

아무래도 그녀는 헌터가 아니다 보니, 그녀가 할 수 있는 일은 그저 컨트롤 타워 역할로서 본부에서 훈수를 두는 것 외에는 아무것도 없었다.

그럼에도 뛰어난 두뇌와 다년간 쌓은 노하우가 있어 이번 몬스터 웨이브를 시기적절하게 대응하여 현재까지 잘 막아 내고 있었다.

"다른 곳 상황은?"

"네. R—08은 위험하기는 하지만 아직 몬스터가 출현하지 않았습니다. 그보다 더 큰 문제가 터졌습니다.

"뭔데?"

"10분 전에 R—10에서 몬스터가 나오기 시작했습니다."

R—09 던전에서 몬스터들이 쏟아져 나왔을 때 이미 짐작을 하고는 있었지만, 정말로 R—10에서 몬스터들이 뛰쳐나왔다는 보고에 그렌트 대통령의 표정이 굳어졌다.

"음, 그럼 대책은?"

그렌트 대통령은 두 번째 던전이 터져 버렸다는 보고에 대책을 물었다.

그러자 밀라 요리스 본부장은 굳은 표정으로 대답을 하였다.

"워싱턴의 디펜던스나 뉴욕의 어벤져스 중 하나를 텍사스로 보내야 합니다. 그리고 전국에 비상령을 내리고, 맥캘런으로 헌터들을 집결시켜야 합니다."

밀라 요리스 본부장은 현 상황을 예전 재앙급 몬스터 웨이브에 준하는 전국 비상령을 발동할 건을 촉구했다.

원칙적으로 재난 사태가 벌어지면 대통령보다 재난 대책

본부장인 그녀의 직권이 강해지지만, 현 상황은 또 그렇지 않았다.

재난이긴 하지만 일반적인 재해가 아닌 몬스터에 의한 것이었다.

그러다 보니 헌터와 군의 무력이 필요한 상황이었고, 그녀가 함부로 어떻게 할 수가 없었다.

이는 그녀의 권한을 넘어가는 일이었기 때문이다.

그래서 자신의 판단을 대통령에게 들려주며 대통령의 권한인 전국 비상령을 발령할 것을 말한 것이다.

"굳이 그렇게까지 해야 할까?"

그렌트 대통령은 전국 비상령을 발령한다는 것에 심적으로 부담이 되어 그렇게 이야기를 하였다.

전국 비상령은 계엄령에 준하는 명령이었다.

몇 달 전 있던 재앙급 몬스터 웨이브 때 2차 대전 이후 처음으로 사용했을 정도로 대통령에게 정치적으로 부담이 되는 명령이다.

그러니 전국 비상령은 신중한 판단해야만 했다.

하지만 재앙급 몬스터 웨이브도 아니고, 겨우 두 개의 던전에서 몬스터가 쏟아져 나온 것으로 전국 비상령을 발령하는 것은 과하다는 판단인 것이다.

"R—09에 이어 R—10도 활동을 시작했습니다. 또한 R—08도 조만간 몬스터가 쏟아져 나올 것으로 예상이 되고 또……."

밀라 요리스는 굳은 표정으로 말을 멈추더니, 테이블 한쪽으로 다가가 키보드를 두드렸다.

그러자 전면에 있는 모니터에 리오그란데 유역 지도가 펼쳐졌다.

그리고 강을 따라 붉게 표시된 점들이 떠올랐다.

그 붉은 점은 바로 재앙급 몬스터 웨이브가 시작된 던전이 있던 지점과 일치했다.

"여길 봐 주십시오."

무언가 봐달라는 주문을 한 밀라 요리스는 또다시 키보드를 조작했다.

다닥! 다다닥! 다다닥!

그녀가 몇 번의 키보드 조작을 하자, 리오그란데 유역에 있는 던전들이 크게 확대되었다.

그중 몇 개의 던전은 그 색이 구별되어 있었다.

커다란 지도에서는 모두 같은 붉은 색으로 보이던 것들이 지도를 확대하니 차별되어 있던 것이다.

이미 몬스터를 배출한 R—09와 R—10 던전은 가운데는 하얗고 붉은 테두리가 깜빡이며 점등이 되고 있는 반면, 그 옆에 있는 R—08 던전의 경우 붉은 색이 진해져 있어 마치 금방이라도 터질 듯 보였다.

아미도 임계점이 가까워진 것을 표시하는 것 같았다.

그런데 중요한 것은 그런 것이 아니었다.

아직까지 보고가 되지 않은 R—01부터 R—07까지의 던전들이었다.

넘버가 높은 것에서부터 낮은 순위로 그 색이 변하고 있다는 것이다.

즉, 처음 몬스터가 나온 R—09 던전과 가까울수록 던전의 에너지가 활성화되고 있다는 소리였고, 아직은 아니지만 그것들도 언젠가는 임계점에 도달해 R—09나 R—10 던전 마냥 몬스터를 쏟아 낼 것임을 나타냈다.

"음, 저게 사실인가?"

그렌트 대통령은 신음성을 터뜨리며 물었다.

하지만 그의 표정에선 이미 화면 속 정보를 믿고 있었다.

다른 던전을 봤을 때, 현재 시스템이 오류를 내고 있지 않다는 것을 알기 때문이다.

"아직 시간은 있습니다. 굳이 미리 동원령을 발령할 필요는 없다고 봅니다."

대통령 보좌관인 이완 맥그리거가 제동을 걸었다.

"하지만……."

"맥캘런의 상황도 급하기는 하지만, 현재 우리는 막아야 할 곳이 맥캘런뿐만이 아니라 애리조나나 인디애나, 버지니아, 조지아 등 헤아릴 수 없는 많은 지역을 몬스터의 위협으로부터 지켜야 합니다. 그런데…….”

맥그리거 보좌관은 눈에 힘을 주며 밀라 요리스 본부장의 주장을 반박했다.

솔직히 맥캘런의 상황이 급하기는 하지만, 그의 말대로 방금 그가 언급한 주도 급하긴 마찬가지였다.

맬캘런처럼 고위험 등급의 몬스터가 대량으로 풀려난 것은 아니었다.

하지만 이들 지역도 많은 숫자의 몬스터들이 준동해 혼란을 겪고 있었다.

그 때문에 주 방위군은 물론이고, 주 헌터 협회에 소속된 헌터들이 총동원되어 몬스터들이 사람들이 사는 주거지역으로 들어오지 못하게 막고 있었다.

그런데 몬스터 웨이브가 예상된다고 해서 미리 전국 비상령을 발령하여 다른 많은 주의 위험을 방치한다는 것은 말이 되지 않았다.

텍사스 한 개의 주를 살리기 위해 다른 많은 주를 희생하자고 할 수는 없는 문제였다.

“팔랑크스 부대는 얼마나 준비가 되었나?”

맥그리거 보좌관과 밀라 요리스 재난 대책 본부장의 대화를 듣고 있던 그렌트 대통령은 뭔가를 떠올린 듯 물었다.

그러자 맥그리거 보좌관이 대답을 하였다.

"현재 팔랑크스 부대는 훈련을 마친 상태이기는 하지만⋯⋯."

"상태이지만? 뭔가?"

"준비는 다 되었는데 아직 아티팩트 지급이 완료되지 않았습니다."

보고를 하는 맥그리거 보좌관은 마치 자신이 잘못이라도 저지른 것처럼 안절부절못하며 대답을 하였다.

"아니, 아직도 지급이 되지 않았다는 것인가?!"

부대 훈련이 끝났는데 그들에게 지급할 무기가 지급이 되지 않았다는 보고에 그렌트 대통령이 화를 내며 소리쳤다.

"하지만 어쩔 수가 없습니다."

"어쩔 수 없다니. 우리 미국이 돈이 없나, 힘이 부족하나? 부족한 것은 바로바로 구입하여 보급을 해야 하는 것 아닌가?"

대통령은 아직도 부대에 필요한 보급품이 지급되지 않은 것에 화가 났다.

팔랑크스 부대는 몇 달 전 재앙급 몬스터 웨이브 당시 한국의 헌터들이 몬스터들을 제압하는 모습을 보고 기획한 특수부대다.

전원이 한국의 헌터처럼 유전자 변형 시술을 받은 헌터인 것은 물론이고, 능력의 한계를 끌어올리기 위해 신체를 사이보그화 하였다.

그렇게 한국의 헌터들이 보여 준 모습과 비슷하게 조건을 맞춘 뒤 그들이 사용하던 아티팩트를 구입하여 무장을 시키고 훈련시켰다.

그래야 나중에 또다시 재현될지 모를 재앙급 몬스터 웨이브를 조금이나마 손쉽게 막을 수 있을 거라 믿었기 때문이다.

한데 야심차게 기획한 팔랑크스 부대 계획이 차질을 빚었다.

부대원들을 훈련시켰는데, 정작 중요한 무기가 지급되지 않은 것이다.

"그게 아티팩트 구입이 모두 끝난 것이 아니기에 현재 45명분만 보급이 완료된 상황입니다."

맥그리거 보좌관은 조심스럽게 현재 준비된 부대원의 숫자를 언급했다.

5등급 이상의 몬스터에게도 대미지를 줄 수 있는 아티팩트로 무장된 45명의 헌터.

분명 이것만으로도 충분히 위력적인 구성이다.

더욱이 45명이라면 1개 공대 규모가 되기에 충분한 가치가 있었다.

하지만 원래 계획인 100명에는 절반에도 미치지 못하는 숫자였기에 이를 듣고 있는 그렌트 대통령의 마음에는 썩

와 닿지 않았다.

그런데 이를 듣고 있는 밀라 요리스 재난 대책 본부장의 생각은 그렇지 않았다.

그녀도 하는 일이 재난과 관련된 일이다 보니, 언뜻 들은 이야기가 있었다.

정부에서 비밀리에 대몬스터 부대 창설을 준비하고 있다는 이야기였다.

'팔랑크스라고? 설마 소문만 무성하던 그 부대인가?'

정부 내 떠돌고 있는 특수부대에 관한 이야기를 떠올린 밀라 요리스 본부장은 눈을 반짝였다.

그녀는 곧장 대통령에게 질문을 하였다.

"대통령님 혹시 그 부대란 것이 대몬스터 특수부대를 말씀하시는 것입니까?"

"맞네."

그렌트 대통령은 보좌관의 보고가 썩 마음에 들지 않아 화가 나 있는 상태에서도 밀라 요리스 재난 대책 본부장의 질문에 대답을 하였다.

"아직 숫자가 부족하다고는 하지만, 제가 알기로 40명 정도가 헌터들 사이에서 정규 공격대 규모라 들었습니다."

밀라 요리스는 차분하게 자신의 생각을 그렌트 대통령에게 이야기하였다.

완벽하게 편성되지는 않았지만, 현재처럼 급박한 상황에

서는 45명의 대몬스터 특수부대 정도만 되어도 충분히 도움이 되었다.

그것도 몬스터에게 치명타를 줄 수 있는 특수한 무기 아티팩트를 보유하고 있는 부대.

아무리 대형 헌터 길드라도 한두 명, 혹은 손에 꼽을 정도의 소수만이 아티팩트로 무장하고 있는 것이 현실이었다.

그만큼 아티팩트는 구하기도 어렵고, 가격 또한 만만치 않아 많은 헌터가 보유하지 못한 것이 사실이었다.

그런데 비록 45명이라고는 하지만, 전원이 그런 아티팩트로 무장하고 있었다.

현재 리오그란데 던전에서 나온 몬스터들이 강하고 숫자가 많다고는 하지만, 아직 모든 던전에서 몬스터가 뛰쳐나온 것이 아니다.

그러니 지금이라도 그 부대를 현장에 투입해 몬스터에게 치명상을 입히고 다른 헌터들이 그들을 보조해 몬스터를 상대한다며 충분히 승산이 있어 보였다.

만약 그렇게만 된다면 예전 재앙급 몬스터 웨이브 당시와는 다르게 몬스터들을 각개격파할 수도 있었다.

그렇게 밀라 요리스 본부장은 자신의 생각을 그렌트 대통령과 NSC 위원들에게 어필하였다.

"음, 괜찮은 것 같은데 위원들의 생각은 어떤가?"

비록 대몬스터 부대인 팔랑크스 부대가 전원이 준비된 것이 아니라서 조금 불안하기는 했지만, 충분히 해볼만 하다는 생각이 들었다.

"그런데 굳이 45명이 두 개의 아티팩트를 두 번에 걸쳐 사용하는 것보다는 아직 아티팩트를 보급받지 못한 다른 45명에게도 하나씩 주어 90명이 한꺼번에 사용하는 것이 어떻습니까?"

이야기를 듣고 있던 제레미 라이언즈 부통령은 잠시 고민을 하다가 자신의 생각을 말했다.

"흠……."

"아!"

제레미 라이언즈 부통령의 제안에 이야기를 듣고 있던 사람들의 눈이 커졌다.

"그리고 보니 소수가 사용하는 것보다 한꺼번에 많은 수를 사용하는 것이 훨씬 효과가 컸지!"

대통령과 NSC 위원들은 자신들이 대몬스터 특수부대인 팔랑크스 부대를 창설하게 된 배경에 대해 다시 한번 생각했다.

그 끝에 자신들이 어떤 생각으로 부대를 만들었는지를 깨달았다.

지금까지는 재앙급 몬스터 웨이브 당시에 한국의 헌터들이 두 자루의 창을 사용하던 것만 생각해 무조건 1인 2창을 고집했다.

그런데 지금과 같은 상황에선 한 번의 공격으로 최대한의 효과를 줄 수 있는 방법이 있었다.

그러니 굳이 그것을 무시하고 원래 계획대로만 밀고 나간다는 것은 바보와 같은 일이었다.

"그게 좋겠습니다. 아티팩트를 던진 뒤 보조 무기로, 아니, 원래는 아티팩트가 보조 무기이고 준비한 무기가 부대원들에게는 주력 무기이겠군요. 어쨌든 그것을 들고 몬스터를 상대한다면 충분히 해볼 만할 것 같습니다."

NSC 위원들도 처음 밀라 요리스 대책 본부장의 말에 긍정적인 반응을 보이다가 더 좋은 방법을 듣자 그렇게 하기로 하였다.

현재 R—09와 R—10 던전에서 나온 몬스터의 숫자는 모두 300여 마리였다.

그중 먼저 나온 R—09의 몬스터가 헌터들에 의해 많이 사냥되면서 숫자가 줄어 230마리 정도가 남았다.

그러니 R—08 던전에서 또다시 몬스터가 쏟아지기 전에 숫자를 줄여야만 했다.

"그렇게 하기로 하지. 그리고 전국 비상령은 아직 시기상조일 것 같지만, 그래도 혹시 모르니 여유가 있는 주에서 헌터들을 불러오는 걸로 합세."

그렌트 대통령은 팔랑크스 부대를 동원하기로 하고, 조금 전 밀라 요리스 재난 대책 본부장이 보여 준 화면 속 던전들의 반응을 떠올리며 그렇게 이야기하였다.

"그럼 저는 동맹국들에게 헌터 지원을 요청해 보겠습니다."

그렌트 대통령의 말이 끝나자 제레미 라이언즈 부통령은 부족할지 모를 헌터 전력을 보충하기 위해 동맹국에 지원 요청을 하겠다는 말을 하였다.

"그것도 좋은 생각 같습니다. 그런데 어디가 좋겠습니까?"

"아무래도 가까운 캐나다나 멕시코가 좋지 않겠습니까?"

"그곳보단 그래도 헌터 전력이 막강한 한국은 어떻습니까? 그곳이라면 몇 개의 던전이 활성화된다고 해도 안심이 될 것 같은데?"

리오그란데 유역 사태에 대한 대책이 마련되고 어느 정도 생각의 여유를 찾게 된 대통령과 NSC 위원들은 각자의 생각을 말하며 회의를 이어 갔다.

*　　　*　　　*

던전의 밖으로 나온 재식은 주변을 둘러보았다.

'여긴 어디지?'

레딩의 던전 내부의 또 다른 출입구에서 나온 재식이 의아해하며 주변을 둘러봤다.

던전 밖으로 나가면 몬스터들의 고향인 칸트라 차원의 어느 곳이거나 혹은 지구의 어느 곳 둘 중 하나일 것이라 판단을 하였다.

'숨을 쉬는 것이나 맡아지는 공기의 냄새를 보면 다른 차원인 칸트라는 아닌 듯하고.'

재식이 잠시 상황을 살피고는 절대몬스터들이 넘어온 칸트라 차원은 아니란 판단을 내렸다.

그도 그럴 것이, 맡아지는 공기의 냄새에 현대 사회의 인공적인 매연 냄새가 섞여 있었기 때문이다.

쾅! 쾅!

끄악!

"look out(조심해)!"

자신이 나온 곳이 어디인지 파악하기 위해 주변을 살피고 있을 때 저 멀리서 큰 충돌음과 몬스터의 괴성, 그리고 사람들의 고함도 들려왔다.

"미국이라니……."

재식은 사람들이 지르는 고함을 듣고 이곳이 미국임을 알게 되었다.

똑같은 영어를 사용하기는 하지만, 미국식 영어와 영국식 영어는 조금 달랐다.

"재식, 그렇게 막 나가면 어떻게 해!"

막 재식이 사람들의 고함이 들린 곳으로 달려가려고 할

때, 뒤에서 흉켈의 목소리가 들렸다.

"흉켈, 아무래도 여긴 미국의 어느 지역인 것 같은데, 현재 몬스터들의 공격을 받고 있는 것 같아! 그러니……."

재식은 빠르게 흉켈에게 현재 상황을 설명을 하고는 뒤에 오는 토벌대들을 인솔하라 말했다.

그런 뒤에 자신은 먼저 몬스터와 사람들의 소리가 들린 방향으로 달려갔다.

"아니……."

급하게 무언가 설명을 하더니, 황급히 뛰어가는 재식의 뒷모습을 보던 흉켈은 순간 할 말을 잊었다.

부스럭!

자리를 떠난 재식의 뒷모습을 가만히 지켜보고 있을 때 던전 안에서 또 다른 누군가가 나왔다.

"흉켈, 뭐하고 있어?"

던전에서 세 번째로 나온 사람은 영국의 헨리 윈저 왕자였다.

"재식은 어디가고 너만 있는 거야?"

밖이 안전하다는 것을 느낀 헨리 윈저 왕자는 주변을 둘러보다가 먼저 나간 재식의 모습이 보이지 않자 행방을 물었다.

"응, 그게… 여긴 정확하게 모르겠지만 미국 같데."

"미국?"

"그래. 그리고 조금 떨어진 곳에 몬스터들에 의해 사람들이 공격받는 것 같다고 먼저 갔다."

"뭐? 그게 정말이야?!"

헨리 윈저 왕자는 흉켈이 전해 주는 이야기에 깜짝 놀랐다.

그도 그럴 것이, 자신들은 영국 레딩에 있던 던전에 들어갔다 던전의 반대편 끝에 있는 또 다른 출입구로 나왔다.

그런데 도착한 곳이 영국의 다른 지역도 아니고, 대서양 너머에 있는 미국이라니.

너무나도 엄청난 이야기를 듣다보니 황당하기까지 하였다.

스윽! 스윽!

이내 레딩 던전 2차 토벌대에 참가한 사람들이 하나둘 모습을 드러내고, 그들은 상황을 파악하기 위해 주변을 둘러보았다.

"여긴 어디야?"

던전을 빠져나온 사람들마다 거의 비슷한 질문을 내뱉었다.

"조용!"

흉켈은 상황을 파악하지 못한 헌터들이 우왕좌왕하며 떠들자, 그들을 조용히 시켰다.

토벌 대장인 재식이 자리에 없는 관계로 현재 있는 헌터 중 가장 강하면서, 또 조금 전에 재식이 남은 헌터들을 인솔하라고 말했기에 통제를 하는 것이다.

"현재 우리가 있는 곳은 미국의 어느 지역이다."

웅성웅성.

흉켈에게서 자신들이 있는 곳이 미국의 어느 지역이란 소리에 헌터들 사이에서 다시 한번 웅성거림이 들려왔다.

하지만 이 정도는 이해할 수 있기에 흉켈은 잠시 그들이 떠드는 것을 가만히 지켜보았다.

그렇지만 이렇게 마냥 있을 수는 없었다.

조금 전 재식이 한 말이 있었기 때문이다.

"너희가 혼란스러운 것은 알지만, 잠시 진정하고 내 말을 마저 들어라!"

흉켈은 어느 정도 헌터들의 소란이 줄어들자 본격적으로 설명을 하였다.

자신들이 있는 곳이 미국이며, 근처에 몬스터들의 공격을 받고 있는 사람들이 있다.

그리고 현재 자리에 없는 재식은 그들을 돕기 위해 먼저 갔다는 것을 빠르게 이야기했다.

"그러면 이렇게 있을 것이 아니잖아?"

이야기를 듣고 있던 최수형이 그렇게 중얼거렸다.

자신들이 빠져나온 던전은 분명 6등급 몬스터들이 무수히 많다고 들은 던전이었다.

하지만 실제 던전 안에 있던 몬스터의 숫자는 그렇게 많지 않았다.

그렇다는 말은 자신들이 나온 출입구로 몬스터들이 먼저 나갔다는 말이 되었다.

"우리보다 몬스터들이 먼저 미국으로 넘어와 사람들을 습격했다는 소리네."

"맞아!"

헌터들은 그제야 지금이 무슨 상황인지 인식하게 되었다.

비록 이곳이 영국은 아니지만, 영국에 있던 던전을 통과해 나온 곳이 미국이고, 레딩에 있던 던전의 몬스터들이 나왔으며, 미국이 공격받고 있다는 것까지.

그 말은 다른 것을 따지기 전에 먼저 공격받고 있는 미국을 도와야 한다는 것이었다.

크아아아앙—

마침 저 멀리서 몬스터의 괴성이 들려왔다.

"저기다."

흉켈은 몬스터의 괴성이 들려오는 방향을 가리키며 소리쳤다.

"무질서하게 뛰지 말고 일단 던전에서 그런 것처럼 팀 단위로 움직인다."

급하게 몬스터의 괴성이 울린 방향으로 뛰어가려 할 때, 헨리 윈저 왕자가 급히 소리쳤다.

"아!"

아무리 급해도 몬스터를 상대하려 하면서 무질서하게 뛰어가는 것은 자살행위나 마찬가지였다.

최소 S등급의 헌터는 되고 나서나 생각해 볼 만한 행동이었다.

그렇지 않은 헌터라면, 어떤 상황에서도 자신의 팀과 보조를 맞춰 행동을 해야 한다.

그것이 자신의 생명과 동료의 생명을 지키는 것이기 때문이었다.

*   *   *

타타타타!

강어귀에 있는 던전을 나와 몬스터의 괴성이 들린 방향으로 뛰어간 재식은 제방을 넘어서자 현재의 상황이 일목요연하게 보였다.

'역시나 던전에 있던 몬스터들이 여기로 넘어왔어.'

던전에 서식하던 많은 몬스터들이 몇 마리 보이지 않고 사라진 것에 의문을 가지고 있던 재식은 사라진 몬스터가 이곳으로 넘어온 것을 두 눈으로 확인하였다.

"하압!"

몬스터의 모습을 확인한 재식은 두 손과 온몸에 기합을

넣고 마력을 돌렸다.

스윽!

던전 안에서야 많은 헌터들과 함께하다 보니 굳이 마력을 모두 돌려 운용할 필요가 없었다.

하지만 이제는 아니었다.

드넓은 필드에 나왔으니, 던전에서 쓰지 않던 힘을 제대로 쓰기로 하였다.

더욱이 몬스터들을 상대하는 헌터들의 모습이 여간 위태위태한 것이 아니었다.

"으아아아아!"

재식은 커다란 워크라이를 외치고는 곧장 전장에 뛰어들었다.

쾅!

몬스터에 접근한 재식은 크게 점프하여 헌터들을 공격하고 있는 몬스터 중 하나의 등에 올라탔다.

그러고는 들고 있던 대검을 들어 마치 몽둥이를 내려치듯 일직선으로 내리 그었다.

퍽!

끄억!

재식의 공격을 받은 몬스터는 짧은 비명을 지른 채 대가리를 바닥에 늘어뜨렸다.

한편, 10m 크기의 몬스터 질라를 상대하고 있던 헌터들은 갑자기 대가리가 갈라져 땅바닥에 쓰러지는 놈의 모습에 깜짝 놀랐다.

급하게 고개를 들어 앞을 바라본 그들은 다시 한번 놀랄 수밖에 없었다.

6등급 몬스터 질라의 머리를 두 쪽으로 갈라 버린 누군가의 모습이 이상하기 때문이었다.

그도 그럴 것이, 몬스터를 죽였으니 분명 자신들과 같은 헌터가 맞을 것인데, 그 크기가 평범하지 않았다.

언뜻 봐도 키가 2m는 훨씬 넘어 보이는 검푸른 피부의 거인이 커다란 검을 들고 있었다.

"뭐 하고 있어! 빨리 다른 사람을 도와줘!"

질라의 사체 위에 있던 재식은 굳어 있는 헌터들을 보며 그렇게 외쳤다.

물론 자신의 모습이 평범하지 않기에 놀란 것은 이해가 가지만, 지금은 놀라고 있을 상황이 아니었다.

아직도 주변에는 위험한 몬스터들이 상당히 많았다.

조금만 방심해도 생명을 위협하는 몬스터들 속에서 저렇게 정신을 놓고 있다가는 언제 죽을지 몰랐다.

"아, 알겠습니다. 도와주셔서 감사합니다."

멍하니 있던 헌터는 재식의 호통에 정신을 차리고, 얼른 감사의 인사를 건넨 채 근처에 있는 헌터들을 돕기 위해 달려갔다.

헌터들이 다른 헌터들을 돕기 위해 황급히 뛰어가자 재식도 또 다른 먹이를 찾아 자리를 떠났다.

쾅! 쾅!

인간과 몬스터, 몬스터와 인간이 한데 어우러져 아수라장을 만들고 있을 때, 재식은 위기에 처한 헌터들을 하나하나 구해 냈다.

그 과정에서 몬스터들이 재식에게 죽어 나가는 것은 두말할 것도 없었다.

*   *   *

제2의 재앙급 몬스터 웨이브의 재현을 막기 위해 동원된 헌터들은 정말로 죽을 각오로 전선에서 서서 웨이브를 막아 내고 있었다.

하지만 그들만으로는 도저히 버틸 수가 없었다.

이번에 던전에서 나온 몬스터들의 수준이 예전 몬스터 웨이브 당시보다 더 높았기 때문이다.

몬스터 한 마리, 한 마리가 6등급 엘리트 몬스터 수준이었다.

그 때문인지 S등급 헌터가 두 명이나 동원되고, 대형 헌터 길드가 다섯 곳, 그리고 그 외의 수많은 헌터가 막고 있음에도 희생자들은 점점 늘어만 가고 있었다.

그런데 어느 순간부터 분위기가 바뀌었다.

위기에 처한 헌터들이 위기에서 빠져나오고, 또 그들이 상대하던 몬스터가 단숨에 죽기 시작하면서였다.

그런 일이 몇 번 반복되자 헌터들도 느끼기 시작했다.

자신들을 돕고 있는 사람이 있다는 것을 말이다.

"지원군이 왔다. 모두 힘내!"

누군가의 입에서 나온 소리인지는 알지 못했지만, 그 소리를 들은 헌터들은 절로 힘이나 몬스터를 상대하기 시작했다.

"하압!"

"히야!"

기합을 지르는 헌터들의 몸에 갑자기 힘이 들어가기 시작했다.

그리고 뒤늦게 도착한 흉켈과 헨리 윈저 왕자, 영국의 로열 가드와 독일의 슈타예거 전대, 그리고 한국의 언체인 길드원과 헌터 협회의 헌터들이 합류했다.

그러자 리오그란데의 던전에서 나온 몬스터들은 빠르게 정리되기 시작했다.

몬스터의 숫자만 해도 300여 마리가 넘었다.

원래 놈들을 막고 있던 미국의 헌터만으로는 부족했지만, 영국 레딩에서 던전 토벌을 목적으로 구성된 2차 토벌대들이 던전을 통과해 합류하면서 앞뒤로 포위된 몬스터는 그대로 녹아내렸다.

　아무리 6등급 엘리트에 버금가는 등급을 가지고 있는 몬스터들이라 하지만, 현장에 있는 헌터 중 S등급 헌터만 해도 무려 여섯 명이나 되었다.

　그중 한 명은 평범한 S등급도 아니고, 무려 초월급 몬스터와 일대일로 겨룬 경험이 있는 헌터였다.

　그뿐만 아니라 던전을 통과해 미국에 도착한 헌터들의 구성도 몬스터들에 크게 뒤지지 않았다.

　한 명, 한 명이 7등급의 헌터.

　게다가 이들 중 상당수가 대몬스터용 병기를 지니고 있었다.

　그렇다 보니 이들의 공격을 받은 몬스터에게는 헌터들의 공격 하나하나가 치명적일 수밖에 없었다.

　질긴 가죽을 뚫고 깊숙이 박혀 내부를 얼려 버리는 아티팩트의 공격에 몬스터들은 제대로 힘 한 번 쓰지 못하고 하나둘 쓰러졌다.

　그리고 이러한 소식은 빠르게 워싱턴의 백악관까지 전달되었다.

　물론 재식과 토벌대들이 합류하는 장면은 위성을 통해 백악관에 있는 그렌트 대통령과 NSC 위원들에게 전달되고 있기는 했지만, 위성으로 보는 것만으로 모든 정보가 전달되는 것은 아니었다.

한편, 전투가 끝난 뒤 미국의 헌터들과 레딩 던전 2차 토벌대는 보고를 하느라 바빴다.

그도 그럴 것이, 자신들이 던전에서 나와 도착한 곳이 미국이라는 것을 알려야 하기 때문이었다.

이는 무척이나 중요한 정보였다.

대서양을 사이에 두고 아메리카 대륙과 유럽으로 떨어져 있는 두 나라가 연결된 것은 그만큼 큰 사건이었다.

그 말은 앞으로 이 던전을 활용하기에 따라 영국과 미국은 엄청난 발전을 꽤할 수 있었다.

단편적으로 무역할 때 운송 비용은 상당한 영향을 미친다.

그런데 유럽에서 미국으로, 혹은 미국에서 유럽으로 물건을 설어 보낼 때 배가 아닌 트럭으로 보낼 수 있다면, 운송 비용이 확 줄어들게 될 것이었다.

게다가 운송 비용이 줄어든 만큼 가격이 저렴해질 것이 분명했다.

더욱이 대격변 이후 대륙 간의 무역은 결코 쉬운 일이 아니었다.

땅과 하늘은 물론이고, 바다에도 몬스터가 존재했다.

그렇기 때문에 배를 운항하는 것에도 많은 비용이 들어간다.

몬스터에게 배를 보호하고, 상품을 보호하기 위해 방어 시설이나 헌터를 동승시켜야 하기 때문이었다.

그 때문에 대격변 이전보다 물류비용이 상당히 올랐다.

그런데 이렇게 대륙 간 이동이 가능해진다면 물류비용은 확 내려갈 것이고 물건 값도 당연히 따라서 내려갈 것이 분명하니, 이러한 정보를 보고하는 것은 당연했다.

7. 던전의 비밀

넓은 실내에 있는 많은 사람들.

그들은 모두 긴장하며 어딘가를 바라보고 있다.

꿀꺽!

어디선가 마른 침을 삼키는 소리가 들려왔지만, 어느 누구도 그 소리에 관심을 두지 않았다.

커다란 모니터를 주시하고 있던 그렌트 대통령이 긴장된 표정으로 자신도 모르게 작게 중얼거렸다.

"제발……."

그런데 이때 작은 컴퓨터 모니터를 확인하고 있던 오퍼레이터 한 명이 새된 목소리로 소리를 질렀다.

"R—09, R—09에서 에너지 반응! 에너지 반응이 보입니다!"

몬스터가 출현한 R—09 던전에 다시금 에너지 반응이 나타난다는 오퍼레이터의 말에 사람들의 시선이 그에게 쏠렸다.

"어서 띄워!"

재난 대책 본부장인 밀라 요리스는 오퍼레이터의 말에 얼른 지시를 내렸다.

그러자 전면의 커다란 화면이 분할되면서 리오그란데 강 유역에 있는 R—09 던전이 나타났다.

조금 전까지만 해도 에너지 반응이 없던 R—09에 또다시 무언가가 나오는 것인지 붉게 표시가 되어 있었다.

"확대해!"

분할된 모니터가 줌인이 되면서 작게 표시된 R—09 던전의 모습이 크게 보였다.

"어? 몬스터가 아니라 사람입니다."

"어어, 정말로 사람이네!"

확대된 모니터에 보이는 R—09 던전 입구에 사람의 모습이 보였다.

"누구야? 혹시 인간 형태의 몬스터는 아닌가?"

던전에서 인간이 나온 사례는 아직까지 보고된 적이 없었다.

더욱이 R—09 던전과 같이 리오그란데에 있는 던전들은 너무나도 위험한 던전이라 헌터들이 들어간 기록이 없었다.

그도 그럴 것이, 최하 5등급 엘리트 몬스터들이 있는 던전.

5등급 이상의 몬스터들이 가득할 위험한 던전에 아무리 돈이 좋아도 죽음을 찾아 들어가는 헌터는 없을 것이었다.

미국 정부와 헌터 협회는 괜히 긁어 부스럼을 만들 필요가 없다는 판단에 라오그란데 강에 있던 던전들을 방치하고, 몬스터들이 다시 나오는 것만을 감시하고 있던 중이었다.

그러니 당연하게도 인간이 그 던전에서 나올 이유가 없었다.

그런데 그 있을 수 없는 일이 일어났다.

던전에서 사람이 나오다니, 그 때문에 이를 지켜보던 사람들 중 일부는 사람이 아닌 인간 형태의 몬스터가 아닐까 의심을 하게 된 것이었다.

"확인할 수 없습니다."

"R—09의 에너지 반응이 계속해서 올라갑니다!"

재난 대책 본부장인 밀라 요리스가 대답을 하기 무섭게 또다시 오퍼레이터가 소리쳤다.

던전에서 무언가 나왔는데, 아직도 던전의 에너지 반응이 줄어들지 않고 계속해서 올라간다는 보고를 하였다.

사람들은 그 말에 조금 전보다 더 긴장을 하였다.

혹시 지금까지 알려지지 않은 새로운 몬스터의 출현일까 하는 우려 때문이었다.

그리고 얼마 전 한국에 다녀온 제레미 라이언즈 부통령으로부터 몬스터 외에도 인류의 적이 더 넘어올 것이란 이야기를 들었다.

차원 너머 몬스터들의 세상에는 인간과 비슷한 생김새의 적이 있는데, 그들은 자신의 몸을 인간처럼 변형하기도 한다고 했다.

그런 말을 들은 적이 있기에 혹시나 하는 걱정이 들었다.

"어? 저거 혹시 그레이트 원 아니야?"

모니터를 지켜보던 국토 안보부 국장인 올드만이 소리쳤다.

"그레이트 원?"

그레이트 원은 바로 재식을 지칭한 미국의 코드 명이었다.

재앙급 몬스터 웨이브 당시 재식이 홀로 초월급 몬스터를 막아 내는 것을 보며, NSC 위원 중 한 명이 그렇게 부른 것이 시초였다.

그때 이후 미국에서는 그것이 재식에 대한 닉네임으로 확고하게 자리 잡았다.

"방금 그레이트 원이라고 했나?"

그렌트 대통령은 올드만 국장의 말에 고개를 돌려 물었다.

"대통령님, 자세히 보십시오."

올드만 국장은 커다랗게 확대된 화면 속 인물의 특징을 가리키며 이야기하였다.

그런 올드만 국장의 말에 사람들의 시선은 화면 속 인물을 파악하기 위해 집중되었다.

"맞아! 저 사람은 그레이트 원이야!"

"아!"

처음 R—09 던전에서 에너지 반응이 일어 그곳에서 몬스터들이 쏟아져 나왔을 때, 제일 먼저 생각난 사람이 한국에 있는 재식이었다.

미국에 아무리 강력한 헌터 길드가 있고, 여러 S등급 헌터가 있다고 하지만 리오그란데에 펼쳐진 던전들과 연관해서는 안심이 되지 않았다.

그러다 보니 재앙급 몬스터 웨이브 당시 믿기 힘든 기적을 보여 주던 한국의 헌터들이 생각난 것이고, 그중에서도 놀라운 모습을 보여 준 재식이 가장 먼저 떠올랐다.

하지만 생각이 났다고 함부로 부를 수는 없었다.

외교적인 문제를 떠나 지원 요청에 따른 비용 문제로 함부로 외국의 헌터를 부를 수가 없는 것이었다.

더욱이 세계 최고의 헌터 전력을 가지고 있다고 자랑을 하던 미국이었다.

재앙급 몬스터 웨이브 당시 이미 한차례 체면을 구겼었는데, 미리 겁을 집어먹고 외국에 지원 요청을 하는 것도 자존심이 상하는 일이었다.

그 때문에 백악관은 한국에 도움을 요청하기보단 자체적으로 해결을 보기로 하고 텍사스 인근에 있는 주에서 활동하는 헌터들을 우선 투입하였다.

하지만 아무리 많은 헌터들이 동원되었다고 해도 다시 출현한 몬스터의 수준은 재앙급 몬스터 웨이브 당시보다 더 높았다.

비록 숫자는 당시보다 훨씬 줄어들긴 했지만, 인간이 감당하기에는 더욱 어려워진 것이 사실이었다.

그래서 뒤늦게 준비하고 있던 특수부대를 지원 보내고 또 미국의 자랑인 팀 어벤져스도 투입하였다.

그렇지만 상황은 나아지지 않았다.

그저 현상 유지를 하고 있을 뿐.

몬스터들이 줄어드는 것보다 몬스터들을 막기 위해 먼저 투입된 헌터들이 먼저 부상을 입고 빠지는 속도가 훨씬 빨랐기 때문이다.

그런데 설상가상 이미 몬스터들을 토해 낸 R—09 던전에서 에너지 반응이 보인다는 보고에 흠칫했다.

지금 던전에서 나온 몬스터들의 숫자가 일전에 던전으로 돌아간 몬스터의 숫자에 비해 확 줄어들어 있는 탓이었다.

그렇다 보니 관계자들은 몬스터가 던전 안에 더 남아 있는 것일지도 모른다는 의심을 하고 있던 찰나였다.

하지만 다행히도 R—09 던전에서 나온 것은 몬스터가 아닌 인간이었다.

그리고 자세히 살펴보니 자신들의 생각하던 마지막 보루인 재식.

준비하던 특수부대까지 투입하고도 빠르게 몬스터를 정리하지 못하는 상황에서 한국에 도움을 요청한 참이었다.

한데 재식이 영국에 갔다는 소식을 들었고, 그 탓에 앞날이 막막한 기분이었다.

재식이 자신의 길드원들과 함께 영국의 던전을 조사하기 위해 갔다는 말은 짧은 시간에 그 일을 마치고 자신들을 도울 수 없다는 말이었기 때문이다.

그런데 영국에 있어야 할 재식이 던전에서 나온 것이다.

이를 바라보고 있던 미국의 인사들은 이것에 의문이 들지 않을 수가 없었다.

"영국에 있어야 할 그가 왜 저곳에서 나온 거야?"

그렌트 대통령은 고개를 갸웃거리며 중얼거렸다.

"그러게 말입니다."

다다다!

사람들의 재식의 갑작스러운 출현에 놀라며 궁리를 하고 있을 때, 누군가 급하게 이들의 곁으로 다가왔다.

그는 무언가 종이 한 장을 CIA 국장인 조나단 샌더슨에게 주고 자리를 떠났다.

그리고 부하가 전달해 준 종이를 읽던 조나단은 급히 그것을 대통령에게 전달하였다.

"대통령님 이것을 보십시오."

"뭔가?"

생각에 잠겨있던 그렌트 대통령은 자신을 부르는 조나단의 부름에 고개를 돌리며 물었다.

"던전에서 나온 저들의 정체가 저희의 짐작대로 그레이트 원과 한국의 헌터들이 맞다고 합니다. 그리고……."

R—09 입구 앞에는 레딩의 던전을 통해 나온 토벌대들이 운집해 있었다.

그리고 그러한 보고가 지금 CIA를 통해 전달된 것이었다.

"그럼 저들이 영국에서 던전을 통해 텍사스 주 맥캘런에 도착했다는 말인가?"

너무나도 어처구니없는 말이었지만, 보고서에는 그렇게 적혀 있었다.

"그렇다고 합니다. 사실 여부는 영국에 파견된 지부에서 확인까지 거쳤다고 합니다."

"허허!"

보고를 받은 그렌트 대통령은 너무나도 황당해 그저 웃어 버렸다.

영국과 미국의 거리가 얼마인데, 영국에 있는 던전에 들어간 헌터들이 이곳 미국에 온단 말인가? 참으로 영화와 같은 일이 아닐 수 없었다.

"던전에서 나온 사람들이 전투에 합류합니다!"

계속해서 모니터를 보고 있던 밀라 요리스가 급하게 소리쳤다.

많은 사람들이 R—09 던전에서 사람들이 나온 일 때문에 관심이 그곳에 쏠린 것과 다르게 밀라 요리스는 재난 대책 본부장의 역할을 다하기 위해 계속해서 현장의 상황을 지켜보고 있었다.

그러다 보니 누구보다 현장의 변화를 빠르게 포착하였다.

*　　　　*　　　　*

던전을 나온 재식은 빠르게 전투 현장에 합류하였고, 뒤이어 던전을 빠져나온 토벌대도 재식의 지시대로 빠르게 정비를 마치고 현장으로 향했다.

그렇게 영국 레딩의 던전에 몬스터 토벌을 하러 출발한 토벌대는 뜻하지 않게 미국 맥캘런의 벌판에서 몬스터를 상대로 전투를 하기 시작했다.

지금과 같은 대접전을 이미 경험해 봤기 때문인지 언체인 길드의 길드원들은 차분하면서도 체계적으로 몬스터들을 상대하였다.

준비된 창 아티팩트를 발사기에 끼우고 가장 위협적으로 헌터들을 밀어붙이고 있는 몬스터들만 골라 공격했다.

쒜액!

이들에게서 날아간 창은 날카로운 소성을 내며 대기를 가랐고, 이내 정확하게 목표한 몬스터를 타격했다.

헌터들이 엉킨 혼잡한 상황임에도 이들의 공격은 망설임이 없었다.

그 때문에 미국의 헌터들이 잠시 움찔하기도 했지만, 새롭게 지원 온 헌터들의 공격이 자신들에게 향하지 않는다는 것을 금새 깨달을 수 있었다.

덕분에 헌터들의 두려움은 호승심으로 변했고, 그러다 보니 몬스터들을 처리하는 속도가 확연하게 빨라졌다.

자신들이 앞을 막으면 저 멀리서 창을 던져 몬스터에게

치명상을 주는 지원군으로 인해 전투가 한결 편해졌다.

그렇게 언체인 길드원, 그리고 로열 가드와 슈타예거의 난입으로 인해 몬스터가 하나둘 제거되자 전투는 빠르게 진정이 되어갔다.

그리고 얼마 지나지 않아 세 곳의 던전에서 나온 몬스터들을 모두 처리할 수 있었다.

"와! 이겼다!"

"오 마이 갓!"

전투가 끝나고 여기저기서 헌터들의 환호성이 들려왔다.

그도 그럴 것이, 몬스터들을 막으며 헌터들은 점점 지쳐가고 있었다.

처음에는 S등급 헌터도 오고, 또 대형 길드들도 여럿 참여한다고 해서 자신들만으로도 충분히 막아 낼 수 있다고 생각했다.

하지만 막상 몬스터들을 상대하다보니 처음에 가진 자신감은 온데간데없이 사라져 버렸다.

점점 줄어드는 주변의 동료들을 보며 자신도 그렇게 될 수 있다는 절망에 빠지기도 했다.

그런데 갑자기 새로운 지원군이 도착하고 나서 전투의 양상이 완전히 뒤집어졌다.

수세에 몰리던 전투가 어느 순간 균형을 이루더니, 잠시

후 상황이 역전되었다.

겨우 300명도 되지 않는 인원이 합류하였지만, 그들의 전투력은 예사롭지 않았다.

특히나 가장 먼저 지원을 온 거인의 등장은 몬스터는 물론이고, 헌터들마저 압도하였다.

내려치는 한 방에 몬스터의 두개골이 갈라지고, 내지르는 찌르기 한 번에 단단한 가죽과 뼈를 뚫고 심장을 관통했다.

게다가 뒤늦게 합류한 300여 명의 헌터들도 대단했다.

시기적절하게 위기에 처한 헌터를 구하기 위해 주위를 끌고, 그것도 모자라 치명상을 주었다.

그들이 몬스터를 상대하는 것은 마치 준비된 매뉴얼을 그대로 실행하면 끝나는 프로그램처럼 자연스러웠다.

그 때문에 일부 헌터들은 그것을 구경하다 위기를 겪기도 하였다.

하지만 위기도 잠시.

전투는 순식간에 끝나 버렸고, 미국의 헌터들은 자신이 살아난 것에 감사하며 환호하였다.

그런데 가장 활발히 활동하던 거인이 소리쳤다.

"아직 끝나지 않았다! 힘들더라도 몬스터들의 가슴에서 마정석을 채취하여 옮겨라!"

재식은 몬스터의 가슴을 가르고 죽은 몬스터에게서 마정석을 꺼냈다.

그런 재식의 지시에 언체인 길드의 헌터들과 한국 헌터협회에서 파견된 헌터들은 바로 움직여 몬스터에게서 마정석을 채취하였다.

그리고 로열 가드나 슈타예거의 헌터들도 무언가 재식이 생각이 있기에 그런 지시를 내린 것이라 판단하고 재빨리 작업에 합류를 하였다.

재식이 이런 지시를 내린 이유가 있었다.

많은 마력이 모이게 되면 인근에 있던 던전이나 차원 게이트가 공명하여 브레이크를 하기 때문이었다.

아직까지 이러한 정보를 알지 못하는 헌터들이 많기에 현재 이곳에는 대량의 마력이 쌓이고 있었다.

몬스터들이 살아 있을 때는 그들이 품고 있는 마정석의 마력이 체내에 고이 있지만, 몬스터가 죽게 되면 그때부터는 마력의 통제가 풀리면서 마정석에서 마력이 새어 나오게 된다.

그리고 이곳 맥캘런 인근 리오그란데 유역에는 아직 활성화되지 않고 휴식하고 있는 던전이 일곱 개나 더 남아 있었다.

그것도 점점 에너지 반응이 활성화되고 있는 던전이 말이다.

만약 여기서 남은 일곱 개 던전들이 모두 공명하여 몬스터들을 쏟아 낸다면 현재 있는 인원만으로 감당하기 버거울 것이 분명했다.

*　　　*　　　*

제2의 재앙급 몬스터 웨이브가 될 뻔한 사건이 큰 피해 없이 잘 마무리되었다.

하지만 잘 마무리가 된 것일 뿐이지, 아직 완벽하게 끝난 것은 아니었다.

아직도 리오그란데 유역에는 활성화되지 않은 던전이 일곱 개나 남아 있었기 때문이다.

뿐만 아니라 그중에는 재앙급을 뛰어넘는 초월급 몬스터가 존재했다.

그리고 던전 문제뿐만 아니라 영국과 독일, 그리고 한국의 헌터들이 함께 몬스터를 사냥하였기에 이를 분배하는 일도 남아 있었다.

그런데 문제는 미국이 영국이나 독일, 그리고 한국에 아직 정식으로 도움을 요청하지 않았다는 것이다.

백악관이나 NSC에서 주변국에 도움을 요청한 것은 맞지만, 영국이나 독일 그리고 한국은 이에 포함되지 않았다.

그나마 한국은 연락을 했지만, 사실 재식의 행방에 대해서만 들었을 뿐이지, 정식으로 지원을 받겠다 말한 것은 아니다.

그도 그럴 것이, 이들 3국이 도움을 주기 위해 헌터들을 파견한다고 해도 시간이 상당히 걸렸다.

그 탓에 이렇게 갑자기 던전에서 몬스터가 쏟아진 상황에서는 도움이 되지 못했다.

하지만 이들 3국의 헌터들이 던전을 통해 미국으로 건너와 몬스터를 잡아 버렸다.

그 때문에 원칙적으로 미국의 입장에선 이들에게 몬스터의 부산물을 나눠 주지 않아도 됐다.

이건 정식적으로 입국 절차를 거치지 않았다는 것 때문에 그런 주장을 할 수 있는 것이었다.

그렇지만 또 다르게 생각하면, 해석이 달라졌다.

세계 헌터 연맹의 규정에 따르면, 몬스터와 관련된 사건은 국가가 아닌 인류 생존의 문제이기에 법을 떠나 도와야 한다는 것이다.

즉, 그 말은 비록 합법적으로 국경을 통과하지는 않았지만, 몬스터의 위협으로부터 도움을 준 탓에 그 결과물에 대한 분배는 정당하게 받을 수 있다는 이야기였다.

그렇게 국가의 법과 세계 헌터 연맹 규정과 상충하는 부분이 있지만, 미국이라도 이들 3국에게 막무가내로 국가법을 들먹이며 몬스터의 부산물에 대한 분배를 거절할 수는 없었다.

영국과 독일, 그리고 한국도 대격변 이전이라면 세계 최강국인 미국의 눈치를 봐야만 했을 것이다.

하지만 대격변 이후, 아니, 불과 몇 달 전 이곳에서 일어난 재앙급 몬스터 웨이브 직후 관계가 바뀌었다.

대격변 이전에는 한국이 일방적으로 미국에 기대고 구애하는 관계였다면 현재는 그렇지 않았다.

아니, 관계가 역전되어 미국이 오히려 한국에게 도움을 청하고 있는 입장이었다.

미국이 이렇게까지 변한 것은 전적으로 대격변과 몬스터 때문이었다.

너무나도 넓은 국토를 가지고 있는 미국이다 보니, 많은 훌륭한 헌터들을 보유하고 있음에도 지켜야 할 곳이 많았다.

그러다 보니 효율적으로 헌터 전력을 활용할 수가 없게 되었다.

또 국토 여기저기서 생성되는 차원 게이트 때문에라도 더욱 많은 고급 헌터 전력과 장구류가 필요한데, 그러한 여력이 있는 곳은 전 세계적으로 찾아봐도 현재 한국밖에 없었다.

다른 나라들, 아니, 세계 최강이라 불리는 미국도 몬스터들에 의해 잠식된 국토를 아직 수복하지 못한 곳이 허다했다.

하지만 한국은 세계에서 유일하게 몬스터에게 빼앗긴 국토를 수복한 나라였다.

국토를 수복한 것은 물론이고, 분단되었다가 몬스터가 잠식한 북한 지역까지 완벽하게 수복하면서 세계인들을 깜짝 놀라게 하였다.

그러다 보니 세계에서 많은 헌터들이 용병으로 활동하고 있는데, 이중 가장 많은 용병을 배출하는 나라가 한국이 된 것이다.

하다못해 미국도 몬스터에게 잠식된 지역을 되찾기 위해 한국 국적의 용병 헌터들을 이용하고 있었다.

거기에 한국은 헌터 협회를 통해 대몬스터용 아티팩트를 생산하고 판매를 하고 있었다.

이에 미국 정부는 국가 예산 중 일부를 전용하여 아티팩트를 사들여 대몬스터 특수부대 팔랑크스를 창설하였다.

현재 정원 100명으로 구성하였지만, 아직 무기 아티팩트가 모두 지급되지 않은 관계로 한국에서 제작하는 아티팩트를 기다리는 중이었다.

그러니 몬스터 사태가 끝났다고, 입 닦고 이들을 그냥 돌려보낼 수가 없었다.

뿐만 아니라 이들이 가져온 정보를 생각하면, 그렇게 처리할 수도 없는 문제였다.

이들 3국의 헌터들이 던전을 통해 미국으로 오게 된 것은 참으로 놀라운 일이었다.

영국과 독일, 그리고 한국.

이들 3국의 헌터들은 레딩의 던전에 들어가 몬스터를 토벌하기 시작했으며, 던전 끝에 도달해 밖으로 나가는 출구를 발견했다.

그런데 그곳으로 나오니 미국의 텍사스 주 맥캘런이었다.

즉, 그 말은 영국의 레딩의 던전과 미국의 텍사스 주 맥캘런의 R—09 던전은 하나였다는 이야기였다.

참으로 놀라운 사실이 아닐 수 없었다.

지금까지 던전 중 이러한 던전은 한 번도 없었다.

무려 6,000㎞가 넘는 거리를 연결하는 통로가 생긴 것이다.

미국의 입장에서 비행기로 이동해도 가장 가까운 영국의 공항까지 가는 시간이 7시간 이상 걸린다.

그런데 걸어서 몇 시간이면 영국 레딩 지역에서 미국 텍사스까지 올 수가 있었으니 이를 잘만 활용한다면, 몬스터 부산물 따위는 가볍게 취급할 수 있는 문제일 수도 있었다.

그 때문에 백악관은 이 문제로 상당한 고민을 하게 되었고, 그것은 영국이나 독일 정부도 마찬가지였다.

하지만 한국은 입장이 조금 달랐다.

영국과 독일, 한국이 함께하기는 했지만, 정부가 관여한 것이 아닌 헌터 협회가 참여한 것이었다.

더욱 정확하게 말하자면 영국 정부와 독일의 슈타예거의 총단장인 발터 슈미츠의 요청으로 재식과 언체인 길드가 몇 명의 헌터 협회 소속 헌터들을 이끈 채 영국으로 파견을 간 것이었다.

이는 한마디로 용병 헌터가 되어 외주를 받고 영국으로 갔다는 이야기였다.

그리고 거기서 토벌대 대장이 되어 헌터들을 인솔해 던전으로 들어갔다가 던전이 미국과 연결이 된 것 때문에 부득이하게 몬스터를 잡은 것뿐이었다.

그러니 한국, 아니, 재식과 헌터 협회의 입장에선 미국이 자신들이 잡은 몬스터에 대한 지분만 넘겨주면 모든 것이 깔끔하게 끝나는 일이었다.

하지만 미국 정부는 재식과 언체인 길드의 저력을 알기에 어떻게든 관계를 맺기를 원했다.

이번 리오그란데 유역의 던전 세 곳이 활성화되면서 몬스터들이 대거 쏟아져 나왔다.

그것을 막기 위해 많은 노력하였지만, 너무나도 강해진

몬스터들로 인해 미국은 곤욕을 치렀다.

만약 3국의 헌터들이 제때 나타나지 않았다면, 몬스터들을 막던 미국의 헌터들은 전멸을 금치 못했을 것이다.

아니, 그렇지 않더라도 또 다른 위기에 직면할 것이 분명했다.

한참 세 곳의 던전에서 쏟아진 몬스터들을 막고 있는 중에 인근에 있던 다른 던전들에서도 에너지 반응이 활성화되었었다.

몬스터의 처리가 조금만 늦었다면, 어쩌면 제2의 재앙급 몬스터 웨이브가 재현이 되었을 지도 몰랐다.

그러니 그것을 막을 수 있는 힘을 기르기 전까지는 어떻게든 자신들을 도와줄 곳을 찾아야 했다.

우연히 R—09 던전이 영국과 연결된 것을 알았으니, 영국과는 이전보다 더 끈끈한 동맹 관계를 공고히 해야 했다.

또한 영국과 함께하고 있는 독일 또한 이 일에 끌어들여야 한다.

그런데 미국의 대통령인 율리시스 그렌트나 부통령인 제레미 라이언즈, 그리고 미국의 NSC 위원들 모두 이들만으로는 제2의 재앙급 몬스터 웨이브를 막을 수 있다고 생각지 않았다.

이미 이전 재앙급 몬스터 웨이브 당시 얼마나 위협적인지 경험을 했기 때문이다.

일전에 몬스터들을 이끌던 초월급 몬스터는 대몬스터 병기에도 쉽게 상처를 입지 않았다.

6등급인 몬스터에게도 치명상을 주던 아티팩트였지만, 초월급으로 분류되는 놈들은 그 이하의 몬스터와는 차원이 달랐다.

가죽의 단단함이나 입에서 토해 내는 브레스는 재앙급 몬스터들이 쏟아 내는 브레스와는 그 격이 달랐던 것이다.

또 초월급 몬스터는 여러 마리의 몬스터를 지배하고 지휘를 하였다.

무력이 강한 장수 하나라면 병졸들을 희생해서라도 다수로 공격을 한다면 이길 수도 있었다.

하지만 무력뿐만 아니라 지휘 능력까지 있는 지휘관이 우수한 전사들과 함께한다면 필패일 것이 분명하다.

재앙급 몬스터 웨이브도 마찬가지다.

초월급 몬스터와 그것이 지휘하는 5등급 엘리트 몬스터들의 구성은 S등급 헌터가 다수 있어도 소용이 없었다.

아무리 헌터의 정점에 있다고 하는 S등급 헌터라 하지만, 결국에는 인간일 뿐이다.

5등급 이상인 엘리트 몬스터의 크기는 못해도 수m가 넘어간다.

5등급 이상의 몬스터 중 인간과 비슷한 크기를 가진 몬스터는 오크가 유일했다.

하지만 재앙급 몬스터 웨이브 당시 출현한 몬스터 중에는 인간보다 작거나 비슷한 크기를 가진 몬스터는 하나도 없었다.

모두 인간보다 최소 3~4배는 되는 대형 몬스터였다.

그 때문에 헌터들이 몬스터 웨이브를 막아 내는 것에 많은 어려움을 겪었다.

만약 한국에서 재식과 언체인 길드원들이 아티팩트를 장비하고 도착하지 않았다면 끔찍한 일이 벌어졌을 것이다.

재앙급 몬스터 웨이브를 막기 위해 온 헌터들이 전멸하는 것은 물론이고, 미국도 몬스터에 의해 심각한 타격을 입었을 것이다.

최악의 경우에는 몬스터에게 북한처럼 무너져 버렸을지도 몰랐다.

그만큼 당시 몬스터 웨이브의 규모나 구성이 압도적이었다.

그렇기 때문에 인간도 초월급 몬스터에 준하는 강자가 필요했다.

＊　　　　＊　　　　＊

미국과 영국, 그리고 독일 대표단이 맥캘런의 한 호텔에 모였다.

리오그란데의 던전 세 곳에서 나온 몬스터 처리에 대한 조율과 R—09 던전에 대한 소유권에 대한 합의를 위한 만남이었다.

이들 3국이 이런 합의를 하려는 것은 지금까지 단 한 번도 이런 경우가 없었기에 확실한 마무리가 중요하기 때문이었다.

하나의 던전이 두 국가를 그것도 대서양이라는 거대한 바다를 사이에 두고 나타났다.

5,000㎞가 넘게 떨어져 있는 국가가 각자의 영토에 있는 던전으로 연결되어 있다 보니 그 던전에 대한 소유권 문제가 불거졌다.

하지만 회의는 다른 사람들이 예상하는 것보다 원만하게 합의가 이루어졌다.

보통 던전 소유에 관해서는 길드 간, 혹은 국가 간이라도 첨예한 대립을 하는 것이 익숙한 풍경이었다.

하지만 이번 R—09 던전의 경우에는 그런 통상적인 계념이 아닌, 멀리 떨어진 영국과 미국을 바다가 아닌 육로로 연결할 수 있는 혁신적인 이동 방법이 있기 때문에 달랐다.

그 때문에 미국은 물론이고, 영국도 굳이 조금의 이득을 위해 첨예하게 대립하기보단 양보할 것은 양보하고 취할 것은 취하는 방향으로 잡았고, 이내 원만히 합의를 보았다.

미국의 입장에선 아직도 일곱 개나 남은 던전 때문에 보험을 든다는 생각으로 영국과 독일의 도움을 받기 위해 양보를 하였는데, 그건 영국도 매한가지였다.

독일과 함께 레딩의 던전을 탐사하면서 지금까지 많은 손해를 보았다.

그런데 던전이 미국 남부와 연결이 되어 있다는 사실을 알게 되면서 심각한 고민에 빠지게 되었다.

몬스터가 남아 있는 미국 텍사스에 있는 일곱 개의 던전이 이제는 새로운 불안 요소로 떠오른 것이다.

대륙에 붙어 있는 독일도 영국과 프랑스가 해저터널로 연결되어 있다 보니 새로운 위험 요소가 생긴 건 마찬가지였다.

그 때문에 만약 미국에서 몬스터가 출몰하고, 또 그 몬스터들이 미국이 말하는 R—09 던전을 통해 영국으로 넘어오기라도 한다면, 자칫 해저터널을 통해 유럽 대륙으로 퍼질 수도 있었다.

만의 하나라도 그런 일이 발생한다면, 영국뿐만 아니라 독일도 위험해질 수 있기에 영국과 보조를 맞추기로 약조하였다.

그래서 이렇게 미국과 상호 보호조약을 체결하는 자리에

동행한 것이었다.

내용은 오래전 맺은 군사적 상호 보호조약과 비슷했다.

몬스터 출몰로 미국이 위기에 처하게 된다면, 영국과 독일의 헌터들이 지원한다는 내용과 무비자로 30일 간 체류할 수 있게 한다는 내용이 주를 이루었다.

물론 그런 식으로 몬스터 사냥을 했을 경우, 그 부산물을 가지는 것은 어느 나라에서 사냥을 했느냐에 따라 그 나라의 관련법에 따르기로 합의를 보았다.

그렇게 함으로서 양국의 헌터들이 던전을 통해 자연스럽게 교류하면서 헌터들에게 새로운 일자리를 줄 수 있어 미국과 영국, 독일까지 모두가 이득이 되는 조약이었다.

이들 3국은 순조롭게 합의가 되었지만, 다른 하나가 문제였다.

바로 한국과의 관계였다.

미국의 입장에선 굳이 멀리 떨어져 바로 도움이 되지 않는 한국은 사실 합의에서 배제하고 싶었다.

하지만 한국에 적을 두고 있는 재식과 언체인 길드의 경우는 달랐다.

세계 최강의 무력을 지닌 헌터와 그가 거느리고 있는 특별한 헌터 길드가 바로 재식과 언체인 길드였다.

특히나 아직 초월급 몬스터가 나타나지 않은 상태.

놈은 일곱 개의 던전 중 한 곳에 웅크리고 있을 것이 분명했다.

그놈을 상대하기 위해선 비슷한 전투력을 가진 재식이 존재하거나, 아니면 언체인 길드와 같이 대형 몬스터 레이드에 특화된 고급 헌터가 많이 필요했다.

그렇기에 미국은 언체인 길드와 같은 대몬스터 부대를 창설했고, 그들을 교육시키며 자원을 투자했다.

하나 그것은 아직 큰 성과를 거두지 못했다.

세 개의 던전에서 몬스터가 쏟아져 나와 급히 양성 중인 특수부대를 현장에 긴급 투입했지만, 그리 큰 효과를 보지 못했다.

아니, 그걸 넘어서 기존의 헌터들과 함께 휩쓸려 버릴 위기에 놓이기도 했다.

다행히 원조라 할 수 있는 재식과 언체인 길드원, 그리고 슈타예거와 로열 가드 등의 지원군이 도착하고서야 겨우 특수부대원들이 무사할 수 있게 된 것이었다.

그제야 백악관은 자신들이 양성한 특수부대가 자신들의 예상보다 능력이 그렇게까지 좋지 못하다는 것을 알게 되었다.

상당한 자질을 가진 헌터들을 뽑아 최대한 레벨과 함께 헌터 등급을 올렸다.

또한 아티팩트까지 지급했지만, 언체인 길드원들과는 무언가 달랐다.

레벨이나 등급은 비슷하게 따라잡고 같은 장비를 구비하고는 있었다.

하나 언체인 길드원과 비교하면, 실력이 한참이나 떨어졌다.

그 때문에 미국 정부는 어떻게든 이에 대한 해결책을 찾기 위해 어떤 조건이라도 들어줄 용의가 있었다.

하지만 돌아온 것은 거절이었다.

재식이나 언체인 길드의 입장에선 굳이 큰 이득도 없는 일에 심력을 낭비할 이유가 없기 때문이었다.

"제발 도와주시기 바랍니다."

제임스 고든 국무 장관은 상호 보호조약이 원만하게 해결되자, 영국 총리인 제임스 케리건에게 부탁을 하였다.

"흠……."

하지만 부탁을 하는 제임스 고든 국무 장관을 보며, 제임스 케리건 총리는 작게 한숨을 내쉬었다.

그라고 해서 뚜렷하게 뭔가 해결책이 있는 건 아니기 때문이었다.

재식이 영국 국민이라면 권고라도 해 볼 테지만, 재식은 영국 국민이 아닐뿐더러 그는 영국을 도와주기 위해 영국을 방문한 귀한 손님이기도 했다.

"방법이 없겠습니까?"

제임스 케리건 영국 총리의 반응에 제임스 고든 국장은

심각한 표정이 되어 물었다.

그런데 이렇게 제임스 고든 국무 장관과 제임스 케리건 총리가 고심을 하고 있을 때, 조용히 회의를 지켜보고 있던 발터 슈미츠가 나서 말을 하기 시작했다.

"레딩의 던전이 이곳 미국의 R—09 던전과 하나라면, 다른 던전도 비슷하지 않겠는가?"

너무나도 느닷없는 이야기였지만, 그 발언이 전혀 쓸데없는 소리는 아니었다.

"어?"

"허!"

발터 슈미츠의 발언에 고심을 하고 있던 제임스 케리건이나 제임스 고든 국무 장관는 두 눈을 번쩍 뜨며 놀랐다.

"이럴 수가!"

R—09 던전과 레딩의 던전이 하나라는 것이 알려지자, 영국과 미국은 당장 조약을 맺을 정도로 급히 모였다.

그렇지만 R—09 던전에 대한 문제만 생각했지, 이 던전과 함께 몬스터가 튀어나온 R—08 던전과 R—10 던전에 대한 조사는 아직 이루어지지 않은 상태였다.

그런데 그걸 발터 슈미츠가 언급한 것이다.

솔직히 이 두 던전의 경우에는 영국과 관계가 없기에 제임스 케리건이나 제임스 고든은 상관하지 않고 있었다.

만약 다른 두 던전도 R—09 던전처럼 다른 나라와 연결

되어 있는 던전이라면, 지금과 같은 협약을 또다시 벌여야
할 수도 있었다.

그리고 그 문제는 전 세계적인 일로 확대될 수 있을 만큼
파격적인 내용이었다.

8. 또 다른 지역과의 연결

쾅—

챙! 챙!

몬스터와 헌터들이 뒤엉킨 채 오직 서로를 죽이기만을 위해 움직이고 있었다.

그야말로 아수라장.

자신보다 몇 배나 되는 몬스터들을 상대로도 헌터들은 전혀 밀리지 않았다.

그저 악을 쓰며 맞서 싸울 뿐.

퍽!

"죽어!"

크아아아!

서로가 서로를 죽이기 위해 악을 쓰며 고군분투하였다.

검과 손톱이 맞부딪치고, 피륙이 허공에 흩어지는 잔혹한 전투.

휘익—

퍽.

재식은 오랜만에 그동안 사용해 온 대검이 아닌, 이번에 새롭게 만든 커다란 카타르를 양손에 들고 싸우고 있었다.

"후우, 후우."

그는 며칠 전에도 몬스터를 상대로 전투를 벌였지만, 오늘처럼 후련한 느낌까지는 받지 못했다.

그도 그럴 것이, 어스 드레이크의 마나 하트와 기가스의 심장으로 신체를 업그레이드한 뒤로 그는 기존에 사용하던 카타르를 버리고, 커다란 대검을 주 무기로 사용을 하고 있기 때문이었다.

몬스터를 혼자 상대해도 되는 직위가 아닌, 길드원들을 이끌며 전투를 해야 했기 때문에 카타르를 사용한 전투 스타일을 지양해야만 했다.

카타르는 이름에서도 짐작할 수 있듯이 암살자의 무기다.

공격 속도가 빠르고 적에게 치명타를 주는 용도의 무기인

만큼 많은 집중력을 필요로 했다.

다만, 무기 자체의 공격력은 그리 높지 않기에 단숨에 치명타를 주어 전투를 끝내야 하는 전투 스타일을 요구했다.

하지만 이런 전투 스타일로는 다른 헌터들을 이끄는 위치에 어울리지 않았다.

전투의 지휘를 다른 사람에게 맡길 수도 있지만, 그건 위험 등급이 낮은 몬스터들을 상대할 때나 가능한 것이었다.

몬스터의 등급이 올라갈수록 근접 딜러가 전장의 상황을 파악하면서 지휘한다는 것은 사실상 불가능에 가까웠다.

그 때문에 대규모 공대나 고위험 등급의 몬스터를 레이드할 때 지휘관은 후위에 있었고, 대부분 원거리에서도 능력을 사용할 수 있는 이가 맡았다.

물론 매번 그런 것만은 아니었다.

근접에서 싸우는 사람 중에서 지휘를 맡아야 한다면, 전투 중에도 여유를 가지고 전장을 살필 수 있는 능력을 가진 탱커나 올라운더형의 딜러가 지휘를 맡기도 했다.

그러한 이유에서 재식은 기존에 사용하던 카타르를 버리고 대검을 들어 전투를 해 온 것이었다.

하지만 지금은 더 이상 그럴 필요가 없었다.

대검을 완전히 포기한 것은 아니었지만, 이번 일에 한해

서는 지휘를 다른 사람에게 맡기는 편이 피해를 최소화시킬
수 있을 거라 판단한 것이었다.

　동행하는 헌터들의 안전을 위해서 자신이 할 수 있는 최
선의 방법은 역시 몬스터의 수를 줄이는 거였다.

　그렇기 때문에 재식은 무기를 바꾼 것이고, 최전선에 서
서 몬스터들을 최대한 많이 잡기로 결정했다.

　"마스터 정, 힘들지 않습니까?"

　미국의 자랑 중 하나인 팀 어벤져스의 리더, 도노반 데일
이 물었다.

　나름 무심한 척 말을 걸었지만, 마치 피에 미친 버서커마
냥 몬스터들 속에서 날뛰는 재식의 모습은 같은 헌터가 보
기에도 두려울 정도였다.

　실제로 지금 재식의 온몸에는 몬스터의 피로 흥건했다.

　"괜찮습니다."

　"찝찝하시겠네요. 저도 전투할 때마다 느끼는 거지만, 그
악취와 끈적거림은 도통 적응되지 않아요."

　"아무래도 그렇죠."

　재식은 도노반의 대답에 어깨를 으쓱이며 짧게 대답했다.

　당장 그와 대화를 나누기보다는 온몸에 달라붙은 몬스터
의 피가 신경 쓰였다.

　그 탓에 재식은 찝찝한 기분을 털어 내기 위해 마법을 시
전했다.

"클린."

우─우─웅─

정화 마법이 시전되자, 옅은 마력이 재식의 전신에 감돌
다 사라졌다.

"어?!"

"아니, 어떻게……?"

"내가 잘못 본 거 아니지?!"

짧은 재식의 주문에 지저분하던 모습이 완벽하게 사라지
자, 주위의 헌터들이 깜짝 놀라 눈을 동그랗게 떴다.

누구보다도 치열하게 싸운 것 같아 보이던 그의 모습은
온데간데없어졌다.

딱 지금의 모습만 보자면 마치 전투를 치르지 않은 것처
럼 깨끗한 탓에 그 모습을 본 사람들은 놀라워할 수밖에 없
었다.

"아니, 어떻게 한 거야?"

그 모습을 보았는지 흉켈이 그에게로 걸어오며 물었다.

"내 능력."

"뭐?"

자신의 능력이라는 대답에 흉켈은 눈을 동그랗게 뜨며 놀
랐다.

지금까지 흉켈이 지켜본 재식은 정말이지 말도 되지 않을
정도로 엄청난 전투 능력을 가진 헌터였다.

이제 겨우 20대 후반의 젊은 나이, 아니, 헌터로서 나이를 계산한다면 아직 전성기조차 오지 않은 풋내기나 다름없었다.

천재라 불리던 자신도 30대 중반이 되어서야 S등급 헌터에 올랐다.

그런데 재식은 이제 겨우 20대 후반임에도 불구하고, S등급 헌터를 넘어서 초월급이라는 미지의 경지에 오르지 않았는가.

S등급, 초월급 헌터.

솔직히 거창한 호칭을 좋아하는 이들이 멋대로 붙인 것이나 다름없었다.

물론 그도 S등급 헌터로서 자부심은 있었다.

하지만 실력에 대한 자부심이었지, 호칭 자체에 대한 건 아니었다.

흉켈은 주변에서 독일의 최고가 될 S급 헌터라는 등의 말을 들을 때마다 남사스럽고, 낯간지럽다고 생각하곤 했다.

과연 나중에 아버지가 완전히 은퇴하고 나면 자신을 뭐라고 부를 것인지 종종 떠올렸기 때문이다.

한데 재식을 알고 나서는 그러한 생각이 바뀌었다.

재앙급 헌터.

초월급 헌터.

인류 최강 헌터.

이러한 수식들이, 아니, 그 어떤 거창한 수식을 붙여도 재식에게는 잘 어울린다고 생각하고 있었다.

이처럼 전투력만으로도 그 어느 헌터도 비교할 수 없을 만큼 어마어마한 존재였지만, 그의 능력은 그게 끝이 아니었다.

그에게는 아티팩트 제작 능력이 있었다.

국가나 단체가 전투 능력보다 더욱 탐을 내는 게 바로 아티팩트 제작 능력이다.

이 두 가지를 합치면 사실상 말도 안 되는 사기 능력을 가지고 있는 것이다.

그렇게 뿐만 아니라 몬스터에 대한 지식도 오랜 시간 헌터 생활을 한 자신이나 아버지보다도 잘 알고 있었다.

심지어 몬스터만 연구하는 학자들과 얘기를 하다가 그들을 놀라게 한 전적이 있었다.

그런데 이제는 이능까지 가지고 있다니.

이전에 그와 이야기를 나누면서 들은 기억으로는 분명 각성 헌터가 아닌 시술 헌터라 하였다.

그런데도 이렇게 이능을 가지고 있다니, 흉켈은 그저 놀라운 감정밖에 들지 않았다.

"와, 나도 배울 수 있으면 좋겠네."

흉켈은 아무런 생각 없이 그저 부럽다는 생각만으로 감탄사를 내뱉었다.

그 역시 몬스터 레이드를 한 번 나가면, 몬스터의 피나 분비물 등 여러 가지 이유로 짜증날 때가 있었기 때문이다.

보통 얼굴 같은 부위는 간단하게 물티슈 등으로 닦기는 하지만, 갑옷 사이로 들어간 덩어리나 액체는 어쩔 수 없었다.

그렇기 때문에 던전을 클리어하고 집에 돌아올 때까지 찝찝한 기분으로 몇 시간씩이나 시간을 보내야만 했다.

하지만 방금 재식이 보여 준 능력을 가지게 된다면, 그런 찝찝한 기분을 느끼지 않아도 되겠다는 생각에 저도 모르게 감탄하게 된 것이었다.

"그게… 배울 수는 있는데, 가르치는 방법은 나도 몰라."

재식의 대답에 홍켈은 물론이고, 대화를 듣고 있던 주변의 다른 헌터들도 의아해하며 재식을 바라보았다.

"엥? 그건 또 무슨 소리야?"

홍켈이 고개를 갸웃거리며 물었다.

배울 수는 있는데 가르칠 수가 없다니, 결국 기술을 가르쳐 주지 않겠다는 말인가 싶은 탓이었다.

'하긴 굳이 전투에는 필요하지 않은 기술이라 해도 다른 헌터에게 함부로 가르쳐 주기는 어렵겠지. 나 역시 비슷한 상황에서 썩 좋은 기분을 느낀 적도 없고.'

홍켈은 재식이 한 말이 일반적인 헌터들 사이의 능력 전수에 대한 불문율을 말하는 것이라 생각했다.

하지만 그의 생각과는 달리 재식이 한 말은 정말 말 그대로의 의미였다.

그가 마법을 사용하기는 하지만, 지구인인 그들에게 마법을 가르쳐 줄 만한 능력이 없었다.

그럴 능력이 된다면 그는 클린 마법 정도는 충분히 가르쳐 줄 의향이 있었다.

"가르쳐 주기 힘들면 무리할 필요 없어."

여전히 착각 중인 흉켈은 사람 좋은 미소를 띠우며 말했다.

"아니. 정말로 가르쳐 주는 방법을 몰라서 그러는 거야. 음, 대신 다른 방법이 있긴 한데……."

"다른 방법?"

"그래. 단순히 깨끗해진 게 부러운 거라면, 따로 배우는 귀찮은 과정을 겪을 필요도 없지. 다른 방법으로도 충분히 똑같은 효과를 낼 수 있거든."

"그게 뭔데?"

재식의 말에 흉켈은 금세 욕심을 드러내며 관심을 보였다.

그 모습에 재식은 피식 웃으며 입을 열었다.

"아티팩트로 만들면 돼."

"뭐? 아티팩트?"

아티팩트란 말에 흉켈은 눈을 번쩍 떴다.

'맞아, 재식은 아티팩트 제작자이기도 했어.'

흉켈은 재식의 말에 연신 고개를 끄덕였다.

아티팩트라면 충분히 가능하다는 판단을 내린 것이었다.

"잠시 오른팔을 내밀어 볼래?"

재식은 의수인 흉켈의 오른팔을 보여 달라며 손을 내밀었다.

"오른팔?"

"그래."

"그거야 뭐… 그런데 오른팔은 왜?"

미심쩍어 하면서도 순순히 자신의 오른팔을 재식에게 내미는 흉켈은 남은 손으로 뒷머리를 긁었다.

재식이 따로 대답을 해 주지 않을 것처럼 보이자 흉켈은 가만히 지켜보기로 결정했다.

재식은 흉켈의 의수를 한 손으로 잡은 채 손등에 마법진을 새기기 시작했다.

처음 흉켈이 자신이 시전한 클린 마법을 부러워하기에 현재 그가 입은 강화복에 마법을 새겨 줄까 잠시 고민했다.

하지만 이내 생각을 바꿔 의수인 오른팔에 작업하기로 결정했다.

몬스터 중에는 부정형 몬스터도 있고 마기에 오염된 몬스터도 있었다.

정화 마법이라면 단순히 세탁의 용도뿐만 아니라 그러한 몬스터들에게 충분한 대미지를 줄 수 있을 거라는 생각이 들었기 때문이다.

더욱이 흉켈의 의수는 미스릴을 가공해 만든 무기였다.

도금이나 미스릴를 일부만 사용한 것도 아닌 의수 자체가 통짜 미스릴을 가공한 것이었다.

거기에 최상급까지는 아니지만, 상급 중에서도 제법 크기가 되는 마나석을 넣은 고급 안티팩트.

그러니 정화 마법을 새겨 넣는 것만으로도 흉켈에게 새로운 무기를 주는 것이나 마찬가지였다.

"자, 끝났어. 이제 팔에 에너지를 주입한다는 느낌으로 '클린'이라고 외쳐 봐."

"클린!"

흉켈은 저도 모르게 차오르는 기대에 순순히 재식이 시키는 대로 큰 목소리로 외쳤다.

번쩍.

우우우웅—

그러자 마법진이 새겨진 손등에서 보는 것만으로도 시원해지는 짙은 푸른빛이 뿜어져 나왔다.

"와."

"오오!"

"진짜 아티팩트가 된 거야?!"

주위에 있던 헌터들은 그 빛을 보고 감탄했다.

"뭐 해? 마법을 시전했으면 대상을 정해야지."

재식은 자신의 손에서 뿜어져 나오는 푸른빛에 놀라 멍하니 있는 훙켈에게 말했다.

"아, 그, 그래. 그렇지."

훙켈은 오른팔을 자신의 가슴에 갖다 대었다.

푸화아악—

그러자 오른손에 맺혀 있던 푸른빛이 손에서 가슴으로, 그리고 온몸으로 퍼져 나갔다.

그리고 얼마 지나지 않아 그의 몸을 뒤덮고 있던 몬스터의 피와 살점들이 깨끗하게 사라졌다.

"와아……."

너무도 신비로운 모습에 이를 지켜보던 헌터들의 입에서 넋이 나간 환호성이 내뱉어졌다.

"재식아, 나도 그거 해 줄 수 있어?"

훙켈의 모습을 지켜보던 헨리 원저 왕자가 재식을 보며 소리쳤다.

당연히 승인할 거라 예상한 그의 기대와는 달리 재식의 입에서는 부정적인 말이 흘러나왔다.

"아니. 지금은 불가능해."

"뭐? 왜 쟤는 되고 나는 안 돼?"

"왜긴 왜야. 아티팩트를 만들 재료가 없잖아."

"아……."

재료가 없다는 단순한 사실에 헨리 윈저 왕자는 물론이고, 주변의 헌터들도 낙담했다.

"그럼 던전을 나가면 만들어 줘. 아니, 이게 아니지."

헨리 윈저 왕자는 말을 멈추고 자신을 초롱초롱한 눈으로 바라보고 있는 로열 가드들을 돌아보았다.

그러고는 다시 고개를 돌려 재식에게 씨익 웃음을 지어 보였다.

"음, 영국 왕실의 이름으로 정식 의뢰를 하지. 방금 그것을 사용할 수 있는 아티팩트를 300개 정도 만들어 줄 수 있냐?"

헨리 윈저 왕자는 왕실에 충성하는 로열 가드와 왕족, 그리고 귀족들을 떠올리며 그들에게 선물할 아티팩트를 주문한 것이었다.

아티팩트가 비싸다는 것은 헨리 윈저 왕자도 잘 알고 있는 사실이었다.

하지만 로열 가드와 왕실에 충성하는 자들에게 하사품으로 주기에 충분하다 여겼고, 자신의 자산으로도 충분할 거라는 그의 계산이었다.

"영국에 질 순 없지. 그럼 나도 우리 슈타예거가 사용할 수 있게 500개 정도 만들어 줘."

왕실 친위대의 로열 가드와는 달리 슈타예거는 독일 정부의 지원을 받아 설립되었다.

하지만 현재 슈타예거는 정부와는 완전히 독립한 민간 단체였다.

그러다 보니 그 규모도 로열 가드에 비해 크고 또 하는 일이 많았다.

하는 일이라 하면 대부분 몬스터와의 전투.

당연히 그 전투의 횟수 역시 끊이질 않으니, 클린 마법이 새겨진 아티팩트가 절실한 것이었다.

"어? 그거 주문을 하면 만들어 주는 겁니까?"

가만히 이야기를 듣고 있던 도노반은 눈을 껌뻑거렸다.

도노반은 혹시라도 재식이 불가하다고 말할까 두려워 대답을 듣기도 전에 말을 이었다.

"그럼 저희 어벤저스도 200개 정도 주문하겠습니다."

"아, 저희도 100개 주문하겠습니다."

그들과 조금 떨어진 곳에 있던 레인저스의 길드장인 휴고 베르트랑이 도노반에 이어 주문했다.

갑작스럽게 아티팩트의 제작 의뢰가 쏟아지자, 재식도 떨떠름해져 잠시간 눈을 깜빡이며 사람들을 쳐다보았다.

"하아~ 그래, 알았어. 이번 일이 끝나면 만들어 줄게."

차마 기대에 찬 눈빛으로 자신을 쳐다보는 헌터들을 배신

할 수 없던 재식은 한숨을 내쉬며 약속했다.

"와우!"

"좋았어!"

그 말을 들은 주변의 헌터들이 숨김 없이 기쁨을 표현했다.

혹여 재식이 마음을 돌릴까 무서워 일부러 과하게 표현한 것도 있었지만, 실제로 순수하게 기쁘기도 했기 때문이다.

서로 말을 하지 않았을 뿐, 몬스터와의 전투 후에 느낄 수 있는 찝찝함은 말로 형용하기 어려웠다.

육체적으로 지치는 것도 그러하지만, 피와 살점을 뒤집어쓰고 있는 것은 정말이지 고욕, 그 자체라고 할 수 있었다.

심지어 일반적인 지구의 생명체처럼 아무런 성질이 없는 것도 아니었다.

몬스터의 핏속에는 독성이 있어 장기간 피를 뒤집어쓰고 있는 것은 건강에 해로웠다.

뿐만 아니라 사체가 썩는 속도 역시 남달라 감염이 되는 일도 부지기수였다.

그리고 냄새는 또 얼마나 고약한지, 헌터조차도 오랜 시간 맡고 있으면 머리가 아파왔다.

심지어는 약간의 환각 증상을 나타내는 이들도 있을 정도였다.

그러다 보니 단순한 악취로 인한 것이 아니라는 건, 대형 길드나 경험이 많은 헌터들이라면 누구나 다 알고 있는 사실이었다.

경험이 부족한 초보 같은 경우에는 이러한 정보를 알지 못해 고생을 하기도 했다.

그런 상황에서 클린 마법이 걸린 아티팩트를 제작해 주겠다는 확답을 받으니 당연히 좋아할 수밖에 없었다.

"우선 전투가 끝났으니까 마정석 채취와 부속 정리만 하고 휴식을 가지기로 하죠."

던전 조사대의 리더를 맡은 도노반 데일은 일단 주위가 정리가 된 듯해 보이자, 헌터들에게 완전히 마무리하고 휴식을 갖자는 제안을 하였다.

리더라는 이름 아래 다소 강압적으로 굴 수도 있었지만, 함께하고 있는 사람 중 그가 함부로 대할 수 없는 헌터도 있기에 정중하게 제안을 한 것이었다.

재식은 그가 미국인 치고는 참으로 특이한 사람이라 생각했다.

"그렇게 하기로 하죠."

"제길… 다시 지저분해지겠군."

재식과 흉켈 역시 도노반의 제안에 동의했다.

흉켈은 기껏 깨끗해졌는데 다시 몬스터의 사체를 만지며 더러워질 것을 생각하자 짜증이 나 투덜거렸다.

그저 더러워질 것에 짜증이 났을 뿐이지, 도노반의 제안에 불만이 있는 게 아니던 그는 누구보다도 먼저 몬스터들의 사체를 향해 걸어갔다.

그 모습에 재식과 다른 헌터들도 작게 미소를 지으며 몬스터들을 향했다.

각자 흩어진 그들은 몬스터들의 가슴을 가르고 마정석을 꺼내 한곳에 모았다.

그러고는 가죽과 뼈, 혹은 그 외에 필요한 부위 등을 갈무리하였다.

그렇게 헌터들은 한동안 자신들이 사냥한 몬스터에게서 필요하거나 돈이 되는 부위들을 분리해 한쪽에 쌓아 가기 시작했다.

이것들은 후에 한 번에 판매한 뒤, 세금을 빼고 공평하게 분배하기로 결정되었다.

다만, 이들이 결정한 공평한 분배는 활약에 따른 것이 아닌 인원수에 따른 비율적인 공평함이었다.

사실 이러한 방법은 언체인 길드나 재식에게는 불리한 분배 방식이었다.

하지만 미국 정부는 따로 그들에게 몬스터 판매 분배금 외에도 용병 의뢰 비용을 따로 책정해 주기로 약속한 탓에 재식을 비롯한 한국의 헌터들은 군말 없이 따랐다.

＊　　　　＊　　　　＊

한국, 미국, 영국, 독일.

이 4개국의 헌터들로 구성된 던전 조사단은 리오그란데 유역의 네 개 던전, R—07부터 R—10까지 조사하는 동안 한 가지 정보를 확인할 수 있었다.

영국 레딩과 연결된 R—09 던전 외에도 R—07 던전이 알래스카 중부에 있는 데날리 국립공원 보호 지역과 연결되어 있는 것이었다.

이 때문에 미국은 물론이고, 이번 조사에 참가한 나라들 모두 깜짝 놀랐다.

특히나 백안관의 놀라움은 그 어느 나라보다 컸다.

그도 그럴 것이, 영국과 독일, 그리고 한국 이 세 개국을 던전 조사에 끌어들인 목적은 단순히 영국 레딩과 미국의 맥캘런을 연결하는 R—09와 같은 던전이 더 있는지의 여부를 조사하는 것이 아니었다.

본래의 목적은 아직 터지지 않은 폭탄과도 같은 일곱 개의 던전 때문이었다.

R—09 던전이 몬스터들을 쏟아 내자 그에 영향을 받은 인근의 R—08과 R—10 던전이 활성화되면서 몬스터가 쏟아져 나왔다.

그것을 막기 위해 미국은 텍사스 주 외에도 인근의 주에서 활동하고 있는 대형 길드들을 긴급하게 투입했다.

미국의 이름 높은 헌터 길드 중 하나, 최고의 헌터 길드로 알려져 주로 뉴욕 주에서 활동하고 있는 어벤져스까지 투입되었다.

또한 정부에서 비밀리에 양성하고 있던 대몬스터 특수부대인 팔랑크스까지 맥캘런으로 모조리 투입시켰다.

하지만 결과적으로 세 곳의 던전에서 쏟아져 나온 몬스터를 막아 내지 못했다.

리오그란데 유역에 발생한 던전들은 기존의 것들과는 확연히 달랐다.

다른 지역에서 최상위 포식자로 군림할 법한 몬스터들이 떼로 쏟아져 나왔다.

몬스터들은 결코 순하지 않았다.

위험 등급이 높아질수록 지능도 함께 올라간다고 하지만, 그렇다고 몬스터끼리 싸우지 않는 것은 아니었다.

오히려 같은 종끼리도 서로 잡아먹는 약육강식의 생태계였다.

이러한 사실에도 불구하고 서로 다른 종이, 그것도 최상위 포식자들이 한자리에 모여 있음에도 마치 짜기라도 한 듯이 서로를 공격하지 않고 인간들의 도시로 향한 것이었다.

다행히 많은 국가에서 미국을 돕기 위해 헌터들을 파견한 덕분에 국가적 위기에서 벗어날 수 있었지만, 이게 끝이 아니었다.

리오그란데 유역에 있는 열 개의 던전 중 R—09 던전을 비롯한 두 개의 던전이 순차적으로 반응하면서 몬스터들이 쏟아져 나온 것이었다.

그러니 남은 일곱 개의 던전에서 언제 또 몬스터들이 나올지 백악관으로서는 걱정이 될 수밖에 없었다.

더욱이 몬스터가 처음 나왔던 R—09 던전의 경우, 최초의 재앙급 몬스터 웨이브 당시 나온 몬스터들보다 한 등급 더 높아진 몬스터들이 쏟아져 나왔다.

그때와 비교하면 몬스터의 숫자는 확연하게 줄어들기는 했지만, 난이도는 더 높았다.

몇 달 전에 있은 재앙급 몬스터 웨이브와 같은 등급의 몬스터들이 나왔더라면, 미국이 가진 역량만으로도 충분히 막아 낼 수 있을 터였다.

하지만 이번에 나온 몬스터들은 이전보다 훨씬 더 커지고 강력했다.

그 탓에 제아무리 한 차례 경험이 있고, 또 그에 대비하기 위한 준비를 해 옴에도 아무런 소용이 없었다.

여기저기서 구해 온 수많은 아티팩트와 체계적인 훈련을 쌓은 특수부대가 아무런 쓸모가 없어진 것이었다.

그러던 중 R—09 던전에서 영국과 독일 그리고 한국의 헌터들이 출현해 힘겹게 막고 있던 몬스터들을 싹 정리해 버린 것이었다.

이 사실에 백악관은 감사하기보다는 머리를 굴리기 시작했다.

처음으로 R—09 던전이 영국의 레딩과 연결된 던전임을 알게 되면서 새로운 계획을 세웠다.

혹시 다른 던전들끼리도 연결된 것이 아니냐는 물음을 던진 것이었다.

때문에 백악관은 연합 조사단이라는 이름으로 그들을 다시 리오그란데 유역의 던전으로 들여보냈다.

단순히 그 안의 몬스터만 처리해도 이득이라는 심보인 것이었다.

그런데 뜻밖에도 R—07 던전이 또 다른 던전과 연결되어 있다는 사실이 밝혀졌다.

그저 가능성만 두고 명분으로 삼은 것이 진짜로 이루어진 것이었다.

마치 소가 뒷걸음질 치다 쥐를 잡은 격 같이 말이다.

더욱이 그곳은 미국의 땅이면서도 현재는 잃어버린 지역.

한때 많은 미국 국민들이 살던 곳이었다.

바로 자원의 보고라 알려진 알래스카였다.

대격벽 이후, 차원 게이트가 나타났고 차례로 브레이크를 일으켰다.

그리고 그 안에서 나온 몬스터로 인해 알래스카는 지옥이 되어 버린 것이었다.

알래스카는 미국 본토에서 멀리 떨어진 영토이기는 하지만, 그 당시에는 무척이나 중요한 지역이었다.

러시아 제국에게서 알래스카를 사들인 미국은 그곳에서 자원을 채취하는 것과는 별개로 군사기지를 만들었다.

그렇게 얼마 지나지 않아 러시아 제국이 전복하고 나타난 공산주의 국가인 소비에트 연방 때문에 전 세계가 공산주의와 자유민주주의로 양분되어 이념적 대립을 이루게 되었다.

그 때문에 알래스카는 미국에게 군사적으로 아주 중요한 지역이 된 것이었다.

하지만 몬스터가 나타나면서 미국은 어쩔 수 없이 알래스카를 포기할 수밖에 없었다.

소련의 후예인 러시아 역시도 몬스터 때문에 동토의 땅인 시베리아와 동부의 땅을 모두 잃었다.

미국은 당장 본토를 지키는 데에도 버거워 더 이상 알래스카를 지키기 위해 예산을 투입하지 않았다.

다급히 알래스카에 거주하고 있는 국민들을 본토로 옮긴 후에는 완전히 손을 놓아 버렸다.

사실상 알래스카는 버려진 것이나 다름없는 모양새가 되어 버린 것이다.

알래스카와 미국 사이에 있는 캐나다는 미국과 동맹 국가였지만, 그곳을 경유하게 되면 분명 손해가 날 것이 분명했다.

그렇다 해서 배를 타고 돌러가자니, 거리가 너무나도 멀었다.

포기할 수밖에 없던 미국은 이번에 알래스카와 육로로 연결되는 통로를 얻게 되자 생각을 달리할 수밖에 없었다.

몬스터가 자원이 되는 현재.

몬스터들의 소굴이 되어 버린 알래스카는 미국에게 새로운 자원의 보고나 다름없었다.

물론 조사를 더 해 봐야 하겠지만, 지금 당장 미국이 생각하는 알래스카는 필요할 때 꺼내 쓸 수 있는 돼지 저금통이었다.

R—07 던전이 이런 결과를 낳게 되자 남은 여섯 개의 던전은 또 어디와 연결되어 있을지 사람들의 관심이 모였다.

비록 지금까지 조사한 던전 네 개 중 두 개만이 다른 지역과 연결되어 있었지만, 남은 여섯 개의 던전 중 하나만이라도 이처럼 다른 곳과 연결되어 있다면 미국에게는 큰 기회가 될 것이었다.

물론 R—07 던전과 같이 이미 몬스터에게 점령되어 있는 지역과 연결되더라도 말이다.

오히려 미국의 입장에서는 그런 던전이 더 좋을 수도 있었다.

만약 그렇게 된다면 다른 나라와 굳이 협상을 하지 않더라도 자신들만 그 지역에 들어가 활동을 할 수 있기 때문이었다.

더욱이 대격변 이후 예전의 국경선은 의미가 없어졌다.

그도 그럴 것이, 인간들이 확보한 지역에 국경선이 남아 있다면 상관이 없겠지만, 몬스터들로 인해 정부의 행정력이 미치지 못하는 지역은 국가에서 포기한 것으로 인식되기 때문이었다.

미국의 알래스카나 러시아의 시베리아와 동부 지역의 경우가 그러했다.

다른 국가가 그곳에 깃발을 꽂으며 제 영토라 선포해도 항변할 수 없었다.

다만, 그들 역시 그곳을 관리할 수 있는지 증명해야 했지만, 가능만 하다면야 전혀 문제될 것이 없었다.

그렇기 때문에 미국 정부의 입장에서 R—09 던전과 같이 타국의 행정력이 미치는 영토도 좋고 그렇지 않은 버려진 곳이어도 상관이 없는 것이었다.

*   *   *

덜그럭, 덜그럭.

작은 소음이 고급스러운 호텔 객실 안을 울리고 있었다.

소음이 들려오고 있는 곳은 거실 테이블이었다.

덜컹.

"재식, 그건 뭐야?"

영국의 왕자인 헨리 윈저가 객실 문을 열고 들어왔다.

레딩의 던전 토벌에 이어서 미국의 던전 조사대까지 함께 하면서 두 사람은 나이를 떠나 친구가 되었고, 몇 차례 함께 전투를 치르면서 무척이나 가까운 사이가 되었다.

"심심해서 전에 의뢰를 받은 아티팩트를 만들고 있었어."

재식은 고개조차 돌리지 않은 채 단검의 손잡이를 고정시키는 작업을 하고 있었다.

"의뢰받은 아티팩트?"

"응."

탁.

재식은 대답하면서 조립이 끝난 단검을 테이블에 내려놓았다.

그러고는 고개를 돌려 자신을 찾아온 헨리 윈저 왕자를 바라보았다.

"설마 내가 말한 그걸 말하는 거야?"

며칠 전, R—07 던전에서 몬스터와 전투가 끝난 뒤 있던 일을 떠올리며 헨리 윈저 왕자가 물었다.

"어."

"아니, 뭐가 바쁘다고 쉬는 시간에 그런 걸 만들고 있어?"

현재 그들은 R—07 던전의 탐사가 끝난 뒤 다음 던전을 조사하러 들어가기 전에 정비를 하기 위해 잠시 휴식 시간을 갖고 있는 중이다.

그 때문에 다른 헌터들은 각자 휴식도 취하고, 혹은 필요한 일을 하고 있었다.

단순히 혼자 보내기에는 적지 않은 시간이었기에 헨리도 심심해 훙켈을 찾았다.

하지만 훙켈이 이미 다른 이들과 술판을 벌이고 있기에 겸사겸사 재식까지 데리고 합류하려는 것이었다.

그런데 재식은 휴식을 하는 것도, 다음 전투를 준비하는 것도 아닌 의뢰받은 아티팩트 제작하고 있었다.

"주문한 수량이 많아서 그래? 그런 거라면 천천히 만들어 줘도 돼."

헨리 윈저 왕자는 재식이 너무도 많은 의뢰 때문에 이런 때에도 일을 한다고 생각했다.

"그런 건 아니야. 말했다시피 그냥 심심해서 하는 거라니까."

재식은 미소를 지으며 방금 만든 단검을 헨리 윈저 왕자에게 들어 보였다.

"이거 봐봐."

"뭔데?"

헨리 윈저 왕자는 고개를 갸웃거리며 자신의 눈앞에 보인 단검을 살펴보다 깜짝 놀랐다.

"오우, 다마스커스!"

검신의 은색 표면에 고대 명검의 대명사인 다마스커스 강 특유의 아름다운 물결무늬를 보고 헨리 윈저 왕자는 탄성을 질렀다.

재식은 헨리 윈저 왕자를 비롯한 헌터들이 주문한 아티팩트의 모양을 고심했다.

그냥 간단하게 브로치나 목걸이, 혹은 팔찌의 형태로 아티팩트를 만들까 생각했지만, 이 아티팩트를 주로 사용할 사람들이 헌터란 생각이 들자 마음을 바꾸었다.

그래서 재식은 무기에 클린 마법을 세기면 어떨까? 라는 생각을 한 것이었다.

물론 헌터에게는 그들이 주로 사용하는 무기가 따로 있겠지만, 보조 무기로 단검 정도는 모두 하나씩은 구비하고 있었다.

때문에 단검을 하나 더 장만을 한다고 해도 크게 부담스럽지 않을 것이고, 만에 하나 부담이 된다면 기존의 것과 교체를 하면 되는 것이었다.

'그리고 이왕 만드는 거면……'

보기 좋게 만들어야 하겠다고 생각했다.

그래서 그가 생각해 낸 것이 조상들이 제련할 때 사용하던 접쇠 방식이었다.

현대의 탄소강이 훨씬 더 강도 측면에서는 좋았으나, 애초 클린 마법이 주 목적이며 선물로써의 의미가 더 강한 물건이었다.

그러니 접쇠를 통해 아름다운 물결무늬를 만들어서 기능보단 가치에 더 중심을 둔 것이었다.

"아름답군!"

헨리 윈저 왕자는 감탄하며 다마스커스 단검을 이리저리 둘러보았다.

"혹시 몇 개는 금이나 보석으로 장식해 줄 수 있어?"

"왜? 누구에게 선물하게?"

재식은 헨리 윈저 왕자의 주문에 고개를 갸웃거리며 물었다.

"응. 여왕 폐하와 지인에게 선물하려고."

헨리 윈저 왕자는 빙그레 미소를 지으며 대답했다.

'아!'

하지만 재식은 금방 눈치챌 수 있었다.

얼마 전 헨리에게 새 애인이 생겼다는 이야기를 흥켈에게 들은 까닭이었다.

대격변으로 많은 것이 바뀌었다.

대표적으로는 남자들에 한해서 중혼이 가능해진 것이었다.

예전에는 중동이나 몇몇 이슬람 율법을 따르는 국가 외에는 중혼이 불법으로 지탄의 대상이었다.

하지만 대격변이 벌어지고 몬스터에 의해 많은 사람들이 죽었는데, 그중에서도 성인 남성의 비율이 가장 높았다.

그도 그럴 것이, 몬스터에게서 가족이나 주변 친지들을 지키기 위해, 혹은 국가를 지키기 위해서든 여러 가지 이유로 몬스터에 맞서 싸우다 보니 그만큼 많이 희생이 된 것이었다.

그렇게 시간이 흘러 결혼할 수 있는 남녀의 성비가 1:10 정도로 벌어졌다.

이 문제는 일부 특정 국가 내에서 이루어지는 것이 아닌 전 세계적인 문제로 대두되었다.

단순히 남녀 성비의 문제뿐만 아니라 또 다른 문제들도 대두되어 많은 나라에서 어쩔 수 없이 일부다처제를 받아들이게 된 것이었다.

물론 그렇다고 해서 일부다처제는 모든 이들이 강제적으로 실행해야만 하는 사항은 아니었다.

결혼을 하는 이들끼리의 동의는 물론, 기존의 배우자의 허락도 있어야 한다는 전제가 있었다.

만약 가장 기본적인 이 조건을 충족시키지 못할 시에는 중혼이 성립되지 않았다.

대체로 가정의 경제권이 남자에게 있다 보니, 남자의 요구를 완벽하게 거부하는 기존의 배우자는 별로 없었다.

이렇듯 일부다처제는 시대에 정착해 나가기 시작했다.

그리고 영국도 마찬가지로 일부다처제를 받아들일 수밖에 없었다.

처음에는 비관적이었으나 대격변으로 인해 많은 왕족들이 몬스터에게 희생되자, 왕실의 존속을 위해 영국 여왕은 빠르게 왕족도 중혼할 수 있도록 법을 재정한 것이었다.

이 때문에 일부 여성 단체에서 영국이 과거 중세로 돌아간다며 시위했지만, 이는 여성들에게도 큰 호응을 얻지 못했다.

그만큼 결혼을 해서 보호를 받고 있는 여성의 숫자가 훨씬 적었기 때문이다.

그러다 보니 남자들 중에 결혼을 했음에도 배우자에게 허락을 받지 못해서 따로 애인을 두는 경우가 많아졌다.

헨리 윈저 왕자도 다이엔이라는 이름을 가진 새로운 여인을 두 번째 부인으로 맞이하기 위해 노력 중이라고 흉켈에게 이야기를 들은 재식이었다.

"알겠어. 그럼, 미스 다이엔에게는 다이아 장식이 좋지 않을까?"

"응. 그게 좋겠어. 어? 이런……."

재식의 물음에 대답을 하던 헨리 윈저 왕자는 자신이 속
았다는 것을 깨닫고는 당황했다.

"하하하."

9. 몬스터의 행방

퍽, 퍼벅!

쾅—

"거기 조심해!"

"마크, 차지!"

헌터들은 거대한 몬스터들을 상대로 전혀 밀리지 않은 채 대등하게, 아니, 압도하며 전투를 벌이고 있었다.

이들이 몬스터를 상대로 전투를 한 지 한 달이 지나고 있었다.

리오그란데에 위치한 열 개의 던전 중 벌써 다섯 개째 던전을 정리 중이었다.

처음 세 개의 던전은 이미 몬스터들이 던전을 빠져나온 상태였다.

때문에 그것들을 정리한 뒤에 던전에 남은 몬스터가 없는지 확인하고, 간단한 조사만 하고 끝났다.

하지만 네 번째 R—07 던전부터는 상황이 달라졌다.

R—07 던전의 경우 이전처럼 몬스터들이 던전을 빠져나온 상태가 아니었다.

그 때문에 던전에 들어가 수많은 몬스터들을 상대할 수밖에 없었다.

그러는 와중에 목적인 던전에 대한 조사까지 병행하려니, 투입된 헌터들 입장에선 무척이나 힘든 일이었다.

다행히 R—07 던전의 조사 결과, R—09 던전처럼 지구의 다른 지역과 연결된 던전임이 밝혀지면서 조사대가 꾸려진 것이 낭비가 아님을 입증했다.

이는 미국도 전혀 예상하지 못한 성과였다.

더욱이 미국의 입장에서 R—07 던전의 출구가 자신들이 포기한 영토인 알래스카이기에 더욱 그러했다.

물론 R—07 던전과 알래스카가 연결되었다고 당장 그곳을 수복할 만한 입장은 아니다.

본토가 어느 정도 안정화된 뒤 알래스카를 수복하거나 새로운 사냥터나 몬스터 부산물을 수급하는 원산지로 사용할 것이었다.

그리고 R—07 던전 때문에 리오그란데 유역의 던전들 중 일부가 지구의 다른 지역과 연결되어 있을지 모른다는 예측이 확실하게 입증되면서 미국 정부는 물론이고, 영국, 독일, 한국 이들 4개국의 정상들이 긴급 회담을 가지게 되었다.

원래 한국 정부는 그 자리에 낄 수 없는 처지였지만, 재식과 언체인 길드, 그리고 헌터 협회 소속으로 파견된 헌터들의 활약이 있었기에 자리할 수 있었다.

이 때문에 한국 정부는 뜻하지 않게 세 나라와 정상회담을 하게 되어 놀라워했다.

얼마 전까지만 해도 헌터 협회나 언체인 길드를 정부에서 하려는 일에 사사건건 딴지를 거는 장애물로 인식했는데, 이번 일을 통해 다시 보게 되었다.

그렇게 4개국의 정상이 던전으로 인해 물리적 거리가 가까워지게 되면, 앞으로 어떻게 할 것인지 방향을 잡는 등 회의를 진행했다.

그로 인해 리오그란데에 위치한 다섯 번째 던전의 몬스터 토벌과 조사는 뒤로 미루어졌다.

그도 그럴 것이, 국가 간의 조약을 체결하기 위해서는 각 나라의 의견이 어느 정도 하나로 조율되어야 하기에 많은 시간을 필요하기 때문이었다.

때문에 보름 정도의 시간이 지나고서야 협의를 끝마쳤고,

드디어 다시금 조사를 시작할 수 있게 되었다.

4개국이 합의한 내용은 크게 변한 것은 없었다.

각국이 정한 세율과 상대 국가에 넘어갔을 때 지위와 안전에 대한 보장 등, 일반적인 합의가 전부였다.

모든 것이 통상적인 기준으로 정해졌기에 어느 누구도 불만을 갖지 않았다.

다만, 특이한 점이 있다면, 헌터들에게 걷는 세율을 한국을 기준으로 정했다는 것이다.

그 이유는 던전 조사가 이름만 조사였지, 실제로는 몬스터 토벌에 가까워서였다.

또한 조사단의 내에서 세계 최고의 헌터인 재식과 언체인 길드의 역할이 무척이나 중요한 역할을 한 덕분이기도 했다.

한국 정부는 자국민인 재식에게 어떤 권고나 제재를 할 수 있는 상태가 아니었다.

그가 그저 평범한 S등급 헌터였다면, 국가를 위한 희생을 어느 정도 강요할 수 있을지도 몰랐다.

하나 그는 평범한 S등급 헌터가 아니었다.

때문에 한국 정부는 재식에게 다른 국가들과 합의로 정한 세율을 적용한다고 주장하기가 쉽지 않았다.

한국 정부만이 그런 것은 아니었다.

미국이나 영국, 그리고 독일 또한 재식을 무시하고 세율을 정할 수가 없었다.

무시하기보다는 오히려 더 잘 보이기 위해 노력해야만 했는데, 그 이유는 다름 아니라 재식이 가지고 있는 아티팩트 제작 기술 때문이었다.

그는 경매를 통해 제작한 아티팩트를 판매하고 있었다.

그리고 제작된 아티팩트의 효용성은 이미 만방에 알려져 있는 상태.

실제로 미국은 이미 몇 차례 그 효용을 목격했고, 그것을 따라 하기 위해 대량의 아티팩트를 구매하여 팔랑크스라는 특수부대까지 창설했다.

이미 두 차례의 위기를 겪은 미국으로서는 지금보다 훨씬 강력한 무력을 필요로 했고, 그에 맞는 확실한 방법은 재식의 환심을 사는 거였다.

미국에는 관리해야 할 땅이 너무나도 넓었고, 잠시 버려두고 있는 해외의 영토도 상당했기 때문이다.

그 탓에 재식이 제작한 아티팩트가 많이 필요한 것은 당연했고, 그러다 보니 재식의 눈치를 보는 것 역시 당연한 수순이 된 것이다.

영국과 독일 역시 상황은 다르지 않았다.

미국보다는 작지만, 영국 또한 넓은 영토를 가지고 있었다.

물론 모든 영토를 엄연히 영국만의 영토라고는 할 수

없었다.

하지만 영토의 모든 이들이 영국 여왕을 자신들의 여왕으로 인정했고, 자신들의 국가가 영국 연방에 속한 영국령이라 표방하기에 굳이 틀린 것 역시 아니었다.

사실 영국의 본토만 생각했다면, 굳이 재식의 도움이 없더라도 자체적인 헌터 전력과 동맹인 독일이나 유럽의 다른 나라들의 도움을 받아 충분히 원활한 생활이 가능했다.

하지만 영국은 자신이 영국 연방의 국가라 자처하는 이들에게 지원과 원조를 해 주어야만 했다.

그 때문에 영국 왕실의 특무대인 로열 가드 전대들을 각 국가에 파견 보내 도움을 주고 있었다.

하지만 아무리 영국 내 최고의 헌터들인 로열 가드라 해도 그 숫자는 한정되어 있었고, 연방에 속한 국가들은 많았다.

그러다 보니 로열 가드들의 피로가 가중되어 심각한 수준에까지 이르렀다.

초인이라 할 수 있는 높은 등급의 헌터였지만, 그 기본은 인간이기에 어쩔 수 없는 한계가 있었다.

그리고 독일 역시 영국과 비슷하였다.

영국과는 조금 다른 이유지만, 슈타예거 전대 역시 과부하가 걸린 것이었다.

시간이 지나면서 몬스터들은 더욱 교활해지고, 등급 또한 높아져 가는 추세였다.

더욱이 유럽은 평야 지역이 많다 보니, 국경을 넘어 유입되는 몬스터들 또한 많아져 갔다.

그 때문에 슈타예거는 물론이고, 일반 헌터들까지 사방에서 들어오는 몬스터들 때문에 힘이 부치기 시작한 것이었다.

그래서 영국과 독일은 함께 아티팩트를 구입하기 위해 한국을 찾았고, 그 과정에서 재식이 아티팩트를 제작하고 있다는 비밀을 알게 되었다.

때문에 그가 제작하는 아티팩트를 더 많이 구매하기 위해선 눈치를 보지 않을 수가 없었다.

이렇듯 4개국 모두 재식의 눈치를 봐야 하다 보니, 헌터에 관한 세금이나 기타 법규들을 재식의 기준으로 잡을 수밖에 없었다.

그렇게 4개국의 합의가 끝나고 꾸려진 조사단의 대표는 미국의 헌터인 도노반 데일이 맡게 되었다.

하지만 그는 미국을 수호하는 팀 어벤져스의 리더이기도 했다.

하필 미국의 경제 수도라고 할 수 있는 뉴욕에 새로운 던전이 출현하였고, 그곳을 먼저 처리하기 위해 조사단에서 빠지게 되었다.

그 때문에 미국 대표로 함께 하던 레인저스의 리더인 휴고 베르트랑이 조사단 대표로 정해지게 되었다.

하지만 휴고 베르트랑은 자신보다 능력이 뛰어난 재식이나 홍켈 슈미츠, 그리고 헨리 윈저 왕자를 이끌 배짱이 없었다.

그가 S등급 헌터이기는 하지만, 그의 역량은 이제 막 S등급에 오른 최수형보다 조금 더 뛰어난 정도였다.

그러다 보니 자신을 훨씬 넘어서는 헌터들인 이들 세 명을 대신해 조사단의 책임자가 된다는 것에 부담을 느끼게 되었고, 결국 그는 단장의 자리를 거절해 버렸다.

상황이 이렇게 되자, 어쩔 수 없이 이들 중 가장 무력이 강한 재식이 조사단 단장을 맡는 게 어떠냐는 의견이 나왔다.

하지만 그렇게 된다면 재식의 사람들로 조사단의 간부가 정해질 것이었다.

미국 정부는 이를 가만히 받아들일 수가 없었다.

그도 그럴 것이, 현재 던전이 위치한 국가가 바로 미국인 탓이었다.

명분 때문에라도 미국 정부는 단장 자리가 아니면, 그 밑의 자리라도 미국인이 맡아야 한다고 주장했다.

결국 고심하여 내린 것은 조사 단장을 보조해 보급과 행정을 책임질 보좌관이었다.

그리고 보좌관으로는 마크 드웨인을 파견하였다.

비록 그가 겨우 4등급 헌터에 지나지 않지만, 텍사스 헌터 협회 직원으로 행정 능력은 뛰어나다고 정평이 나 있었다.

직접적인 전투에는 도움이 되지 않겠지만, 그 외의 것에서는 많은 도움이 될 터였다.

이러한 사실을 알고 있음에도 조사단 내의 많은 이들이 우려를 표했다.

위험한 던전에 겨우 4등급 헌터가 동행한다는 것이 믿음직하지 못하다는 이유였다.

하지만 재식만은 그렇게 생각하지 않았다.

그 스스로도 무력에는 자신 있었지만, 다른 경험이 많거나 익숙지 않았기에 굳이 궂은일을 도맡아 할 사람을 내칠 필요가 없다는 판단 때문이었다.

하여 재식은 흔쾌히 미국의 제안을 받아들이기로 하고, 길드원 두 개 조를 따로 경호원으로 배치하기로 한 것이다.

그렇게 긴 협의 끝에 조사단은 던전에 들어와 몬스터들을 사냥하고 내부를 조사하기 시작했다.

R—06 던전은 이전에 경험한 던전과 비슷한 면이 있으면서도 달랐다.

전체적으로 몬스터들의 수준이 강해진 것은 맞지만, R—07 던전의 몬스터보다는 약한 느낌이었다.

오히려 레딩 던전과 연결되어 있는 R—09 던전의 몬스터와 비슷했다.

그래서인지 던전 진입 후 이렇다 할 만한 위기를 겪지 않고, 쉽게 통과할 수 있었다.

그렇게 한참을 앞으로 쭉쭉 뻗어 나가던 그들 앞에 갈림길이 나왔다.

갈림길은 총 세 갈래였다.

"모두 정지."

"정지!"

재식의 신호에 복명복창하며 정지하는 부대.

400여 명의 인원이 한꺼번에 움직이다 보니 자칫 혼란이 올 수도 있었지만, 이들은 숙련된 군인마냥 명령을 전달하며 체계적으로 움직였다.

부대가 멈추자 흉켈과 헨리 왕자 등 각국의 헌터들을 통제하는 이들이 재식 앞에 모여들었고, 조사단원들은 자연스럽게 휴식을 취하였다.

이전에도 부대 전체가 멈출 때면 이렇게 모여 휴식을 취하며 다음 작전을 논의했기에 모두 알아서 움직이는 것이다.

조사단원들은 자신들의 팀원들과 뭉쳐 휴식을 취하면서도 경계를 잊지 않는 모습을 보였다.

"잠시 모여 봐."

재식은 자신에게 다가오는 헨리와 흉켈, 최수형, 그리고 마크 드웨인 등의 조사단 수뇌부들을 불러 모았다.

그리고는 자신의 생각을 이들에게 들려주었다.

"앞에 세 개의 갈림길이 있는 걸 확인했어. 아마도 이전 던전들처럼 갈림길이 교차하는 합류 지점이 있겠지만, 일단 편제를 세 개로 나눠야 할 것 같다."

"음, 400명 정도밖에 되지 않는 인원을 세 개로 나누면 하나당 130명 정도 되려나? 이 정도 인원들만으로 몬스터를 처리할 수 있을까?"

헨리 윈저 왕자는 고개를 갸웃거리며 작게 우려를 표했다.

그리고 그런 생각을 하는 것은 비단 헨리 혼자만이 아니었다.

"무리일 것 같습니다. 130명으로 6등급의 몬스터들을 상대한다는 것은… 음……."

마크 드웨인 역시 조심스럽게 자신의 생각을 이야기하였다.

"난 괜찮을 것 같은데?"

앞서 의견을 말한 둘과는 반대로 흉켈 슈미츠는 재식의 생각에 동조하였다.

흉켈의 자신감은 그 어느 때보다 드높았다.

잃어버린 오른팔 대신 착용한 의수는 지금까지 몬스터들을 상대하면서 엄청난 위력을 보여 주고 있었다.

그 때문인지 그가 느끼기에는 이곳 R—06 던전의 몬스터 숫자가 조금 많을 뿐이지, 레딩 던전에서 겪은 몬스터에 비해 상대하기가 쉽다는 느낌을 받았다.

그런데 그뿐만 아니라 다른 헌터들도 R—07 던전에서 상대하던 몬스터와 비교하자면 쉽다고들 말하였다.

그래서 흉켈은 이 정도 몬스터를 얼마만큼의 인원으로 대응이 가능할지 혼자 머릿속으로 계산기를 두들겨 본 것이었다.

"분배만 적절히 하면 인원을 나누어도 충분할 것 같다."

"음……."

흉켈이 재식의 계획을 찬성하자, 헨리 윈저 왕자는 작게 신음을 흘렸다.

그러면서 친구인 흉켈이 무엇 때문에 저런 말을 하는지 잠시 고민했다.

하지만 그것도 잠시.

재식이 계획을 말하기 시작하자 금세 정신을 차리고는 집중했다.

"내 계획은……."

재식은 일단 조사단 인원을 셋으로 나누었다.

그중 자신을 필두로 한 언체인 길드원과 한국에서 온 헌터, 그리고 마트 드웨인을 한 조로 묶고 1조라 명명했다.

여기서 마크 드웨인은 전력으로서 포함시킨 것이 아닌,

그저 자신의 곁에 두어 그를 보호하기 위한 조치였다.

그리고 2조는 흉켈 슈미츠를 조장으로 하고, 슈타예거 전단과 미국의 헌터들을 붙여 주었다.

3조에는 헨리 윈저 왕자가 조장을 맡았으며, 로열 가드 두 개 전대, 그리고 언체인 길드의 최수형과 40명의 헌터를 지원해 주었다.

그러다 보니 2조가 가장 인원이 많게 되었다.

그 다음이 3조, 그리고 1조 순으로 인원이 많게 배치가 되었다.

하나 전체적인 전투력만 따지면 아이러니하게도 가장 인원이 적은 1조가 우수하다고 볼 수 있었다.

1조의 조장을 맡고 있는 재식의 전투력이 이들 중 가장 강한 것도 있었지만, 1조에 속한 구성원인 언체인 길드원들도 그러한 판단을 하는 데 큰 역할을 했다.

언체인 길드원 60여 명과 한국 헌터 협회에서 파견한 40여 명의 헌터들은 오랜 시간 꾸준히 손발을 맞춰 왔기에 이들의 조직력은 하나의 길드라고 해도 괜찮을 정도였다.

그러다 보니 가장 많은 인원수를 가진 2조보다 조직력에서 앞서는 것이었다.

또 3조의 경우 절대 강자인 S등급 헌터 전력에서는 2조에 비해 조금 떨어지기는 하지만, 만만치 않은 전력을 가지고 있었다.

아무래도 3조에 로열 가드 2개 전단이 있기도 했고, 수형과 함께 3조에 편입된 언체인 길드원 40명의 조직력까지 더해지자 1조에 밀리지 않을 정도가 된 것이다.

때문에 여러 조직이 모인 2조보단 3조의 전력이 더욱 높은 평가를 받게 되었다.

그러다 보니 재식의 인선으로 나뉜 조 편성에 아무도 불만을 가지지 않았다.

다소 조직력이 부족하지만, 2조에는 재식 다음으로 강한 흉켈이 있었다.

또한 조사단 내에서 네 번째로 강한 휴고 베르트랑도 존재하였다.

거기에 슈타예거는 전투력에 관해선 세계에서도 손에 꼽을 정도로 강한 헌터 집단이었다.

*   *   *

저벅저벅.

기다란 던전의 복도를 걷고 있는 조사단의 표정이 상당히 긴장한 것처럼 굳어져 있었다.

그도 그럴 것이, 어느 순간부터 몬스터들의 모습이 보이지 않고 있었기 때문이다.

R—06 던전을 조사할 때까지만 해도 던전 안에는 몬스

터들이 상당하였다.

그런데 R—05 던전에 들어가자, R—07 던전의 6할 정도로 줄어들더니, R—03 던전에 이르러서는 3할 정도로 줄어든 것이었다.

그 때문에 몬스터를 사냥하는 시간은 단축되었지만, 오히려 몬스터들이 사라진 원인을 찾는 일 때문에 전체적인 시간은 늘어져만 갔다.

다만, 그나마 갑작스레 몬스터들의 수가 줄어든 원인에 대해 짐작 정도는 할 수 있었다.

바로 던전 끝 지점에 다른 지역과 연결된 출구가 있음을 확인한 것이었다.

마치 누군가 의도한 것처럼 출구는 여러 곳에 분포해 있었는데, R—06 던전은 남미 브라질의 파라나 주 마링가 인근과, R—05 던전의 경우에는 옛 동북삼성 중 하나인 헤이룽장 성에 있는 치치하얼과 연결되어 있었다.

그뿐만 아니라 R—04 던전의 경우는 인도와 파키스탄의 접경지인 카슈미르 지역과 연결되어 있음을 알아냈다.

현재 조사단은 R—03 던전을 조사 중이었는데, 던전에 들어와 그들이 상대한 몬스터는 겨우 스무 마리 정도에 불과했다.

이는 몬스터가 밖으로 빠져나간 레딩의 던전보다도 적은 숫자였다.

그나마 레딩의 던전은 R—09 던전과 연결되어 있어, 몬스터들이 R—09 던전으로 빠져나간 것을 알 수라도 있었다.

아직 R—03 던전에 대한 조사가 완전히 끝난 것은 아니지만, 조사단장인 재식의 예상으로는 더 이상 몬스터가 없을 것 같았다.

"조금 더 빠르게 이동한다."

조사단은 재식의 명령에 따라 속도를 올려 이동했다.

이 속도라면 그동안 조사를 해 온 던전들과 비교했을 때, 얼마 지나지 않아 던전의 끝을 마주할 수 있을 거라 예상되었다.

그렇게 10분 정도 이동하자, 예상대로 커다란 출구가 보이기 시작했다.

"정지."

"정지!"

재식은 출입구가 보이자 조사단을 멈춰 세우고는 매뉴얼대로 자신이 먼저 출입구를 빠져나갔다.

스릉—

검푸른 빛을 뿜고 있는 출구는 마치 수면에 물결치는 것처럼 작게 흔들리며 재식의 몸을 받아들였다.

재식은 마치 물속에 들어간 것마냥 시원한 촉감을 느낄 수 있었다.

'이상하네.'

지금까지와는 다른 출구의 느낌에 재식은 불안함을 느꼈다.

'읍!'

던전 출구를 완전히 빠져나왔을 거라 생각한 순간, 그는 자신의 코와 입으로 무언가 밀려드는 느낌에 당황했다.

'우우읍!'

호흡기로 밀려드는 이물감에 그는 급히 숨을 멈추고, 온몸을 휘저으며 자맥질했다.

그리고는 본능적으로 몸이 떠오르는 방향을 향해 고개를 치켜들고 손과 발을 휘저어 빠르게 솟아올랐다.

부글부글.

촤아—

"푸하아!"

몸이 수압에서 해방되자 재식은 그동안 참은 숨을 내쉬었다.

한참을 숨을 고르며 먹은 물을 토해 내던 그는 이내 고개를 돌려 주변을 살폈다.

혹여나 레딩의 던전처럼 몬스터들이 출구 주변에 있을지도 모른다는 생각에 주변을 경계한 것이었다.

'다행히 몬스터의 모습은 보이지 않는군.'

주변에는 그저 고요한 숲이 펼쳐져 있어 자신의 몸이 커다란 호수, 내지는 강에 떠 있음을 깨달았다.

촤아— 촤아—

이윽고 그는 가까운 육지로 나가기 위해 수영했다.

"푸하! 으아!"

재식이 한창 육지를 향해 수영하고 있을 때, 그의 뒤로 흉켈이 거친 숨을 내쉬며 모습을 드러냈다.

조금 전의 재식처럼 흉켈 또한 던전을 나오다 물을 잔뜩 들이켠 듯 숨을 고르고 있었다.

"이쪽으로 와!"

재식은 계속해서 수영하면서도 아직 정신을 차리지 못한 흉켈에게 소리 질러 자신의 위치를 알렸다.

"콜록! 콜록!"

"푸하아! 후우, 하아."

그리고 흉켈의 뒤이어 다른 헌터들이 수면 위로 모습을 보이기 시작했다.

그들 역시 하나 같이 모두 똑같은 모습이었다.

첨벙첨벙.

뭍으로 나온 재식은 다시 한번 주변을 살폈다.

혹시나 숲속에 몬스터가 숨어 있다 기습할 수도 있었기에 조금 신경을 써서 주변을 경계했다.

'숲에서 다른 기척은 느껴지지 않네.'

마법을 이용해 조금 먼 거리까지 탐지해 보아도 고작 몇 마리 야생동물 정도였다.

"드라이."

옷과 장구류가 물에 젖은 탓에 찝찝해진 재식은 건조 마법을 시전했다.

첨벙첨벙.

막 물 밖으로 나온 흉켈이 갑자기 뽀송해진 재식의 모습을 보며 동그랗게 눈을 떴다.

"뭐야, 어떻게 했어?"

헨리 윈저 왕자와 다른 헌터들 역시 물 밖으로 나와 뽀송한 재식의 모습을 보며 놀라기는 마찬가지였다.

"어떻게 한 거야?"

침묵을 깨고 질문한 헨리 윈저 왕자는 마치 물에 빠진 생쥐와 같이 추레한 모습이었다.

"마법."

재식은 간단하게 대답을 해 주었다.

계속해서 재식을 바라보는 그들의 뒤로 때마침 언체인 길드원들과 한국 헌터 협회에서 파견된 헌터들도 물 밖으로 나왔다.

그런데…….

"건조!"

"건조!"

"어?"

한국 출신의 헌터들이 젖은 몸을 말리는 것을 다른 나라의 헌터들이 놀란 눈으로 바라보았다.

"어, 어떻게……."

재식이야 다양한 능력을 가지고 있는 것을 알고 있기에 그러려니 했지만, 설마 그의 부하들마저 그와 같은 이능을 가지고 있을 줄은 몰랐기에 크게 놀라는 헌터들이었다.

'설마?'

헨리 윈저 왕자는 언체인 길드원들과 한국의 헌터들을 지켜보다 뭔가 생각나는 것이 있어 재식을 돌아보며 물었다.

"저것도 아티팩트의 작용인가?"

'아티팩트?'

헨리 윈저 왕자의 질문에 주변의 헌터들도 재식을 주시하였다.

"맞아. 설명은 나중에 하고, 일단 아직 몸을 말리지 못한 사람들은 이쪽으로 와 봐."

재식은 쫄딱 젖어 있는 헌터들을 돌아보며 지시를 내렸다.

아직 완전히 겨울이 된 것은 아니지만, 10월 중순은 넘어 날씨가 꽤나 쌀쌀하였다.

그들이 감기에 걸리거나 하지는 않겠지만, 쓸데없는 체력 낭비를 방지하기 위해 건조 마법을 걸어 주려는 재식이었다.

"드라이."

짧은 영창이 울리자 재식의 손에서 마나가 뻗어져 나가 300여 명의 헌터들을 모두 감쌌다.

이윽고 눈에 보이던 마나가 사라지자, 그들을 적시고 있던 물기 역시 말끔히 사라졌다.

"오오!"

"우와!"

온몸을 적시던 물기 때문에 약간 싸늘하게 느껴지던 기온이 이제는 상대적으로 포근하게 느껴질 정도였다.

그 때문에 헌터들은 저도 모르게 감탄성을 질렀다.

"자자, 그만하고. 마크, 지금 우리가 있는 곳이 정확하게 어디야?"

"잠시만 기다려 주십시오."

마크 드웨인은 헌터 브레슬릿을 조작해 미국의 인공위성과 접속하였다.

띠리릭—

전자음과 함께 헌터 브레슬릿의 화면에 그들의 위치가 수신되었다.

"현재 저희는 동유럽에 위치한 우크라이나에 위치해 있습니다."

"우크라이나?"

"뭐? 우리가 우크라이나에 있다고?"

마크 드웨인의 보고에 재식보다도 로열 가드나 슈타예거 소속 헌터들이 더욱 놀라 소리쳤다.

그도 그럴 것이, 우크라이나는 동유럽에 속해 있지만, 독일의 입장에서는 폴란드만 가로지르면 될 정도로 코앞인 것이었다.

그리고 그 너머 바닷길로는 영국이 지척에 있었다.

"설마 이렇게까지 가까운 곳에 던전이 연결되어 있다니……."

흉켈은 자신들이 있는 곳에서 고국인 독일까지 그리 멀지 않다는 사실을 깨닫고는 조용히 중얼거렸다.

'만약 그가 함께하지 않았다면, 이러한 사실까지 우리가 알 수 있었을까?'

영국의 레딩과 미국의 맥캘런에서 던전을 조사하며 수많은 몬스터들과 전투를 벌였다.

만약 조사단에 재식과 언체인 길드가 없었더라면, 자신들은 이곳까지 무사히 올 수 없을 거라 생각한 흉켈이었다.

그가 경험한 몬스터들은 그만큼 위험했다.

고위 헌터들이 체계적으로 대항하지 않는다면, 자칫 전멸을 면치 못할 정도로 영리하기까지 했다.

막말로 자신이 경험한 몬스터 중 절반이라도 유럽에 나타났다면, 아마 반 이상의 나라가 몬스터에 의해 멸망했을 것이었다.

어쩌면 몇몇 헌터 전력이 우수한 나라를 제외하고는 전부 멸망했을지도 몰랐다.

그만큼 던전 안에서 경험한 몬스터들의 전투력은 막강했다.

더욱이 몬스터는 숫자가 쌓이면 쌓일수록 더욱 강력해졌다.

만약 재앙급 몬스터를 제외한 6등급 이상의 몬스터 수백 마리와 유럽 대륙에 퍼져 있는 몬스터들이 그 무리에 합류하게 된다면, 그것은 미국이 경험한 재앙급 몬스터 웨이브에 버금갈 정도로 유럽에 막대한 피해를 입힐 것이 뻔했다.

"그런데 몬스터들은?"

뒤늦게 몬스터의 행방이 궁금해진 흉켈이 물었다.

"그게… 알 수가 없다."

재식은 다소 자신 없는 말투로 대답했다.

그 역시도 이들과 함께 방금 던전에서 나왔기에 알 수 있는 것이 아무것도 없었다.

"던전 안에서 본 몬스터의 숫자를 생각하면, 분명 나머지는 이곳을 통해 나왔을 것 같은데… 그럼 그놈들이 어디로 갔을까?"

헨리 윈저 왕자는 미간을 찌푸린 채 몬스터의 행방을 고민했다.

"아마 우리가 던전에 들어오기 전에 던전을 빠져나간 게 아닐까? 단순한 짐작뿐이지만, 정확하게 어디로 갔는지는 좀 더 조사를 해 봐야 할 것 같은데."

"음……."

재식의 대답을 들은 흉켈과 헨리 윈저 왕자는 심각한 표정으로 신음을 흘렸다.

그렇지 않아도 그들 역시 속으로 보이지 않는 몬스터들에 대해 많은 생각을 했었다.

그중에서 방금 재식이 말한 것과 같은 생각을 하지 않은 것은 아니었다.

단순히 걱정으로 끝나리라 생각한 게 현실이 되어 버렸으니, 그들로서는 심각해질 수밖에 없던 것이었다.

심지어 지금 그들이 서 있는 장소는 그들의 터전인 유럽이었다.

정확히는 동유럽이었지만, 유럽은 다른 대륙에 비해 좁기 때문에 몬스터 침공에 있어 구분하는 것은 그다지 큰 의미가 없었다.

그러니 이처럼 흉켈이나 헨리 윈저 왕자가 심각한 표정을 지으며 걱정하는 것도 당연한 일이었다.

"그런데……."

재식은 말을 하다 말고 흉켈과 헨리 윈저 왕자를 쳐다보았다.

재식은 걱정되는 것이 있어 조사단에 자기 다음으로 영향력이 높은 두 사람에게 의견을 구하려는 것이었다.

"아무리 던전 내에서 전투를 얼마 하지 않았다지만, 혹시나 해서 물어볼게. 둘 다 크게 힘든 곳은 없지?"

횽켈과 헨리 윈저 왕자는 고개를 갸웃거렸다.

그들이 보기에 그는 이미 답을 알고 있는 것 같은데, 굳이 다시 묻는 이유를 알 수 없기 때문이었다.

"뭐, 얼마나 싸웠다고…….'

"몇 마리 잡지도 않았는데 힘들 게 있나? 그런데 그건 왜 물어?"

횽켈과 헨리 윈저 왕자는 재식의 질문에 가볍게 대답하고 오히려 무엇 때문에 그러는지 되물었다.

"이 던전에 몬스터들이 얼마 없는 걸 보니 아무래도 다른 남은 던전도 비슷한 상황일 거 같아."

"뭐?"

"어떻게 그렇게 확신할 수 있지?"

재식의 대답에 횽켈과 헨리 윈저 왕자는 눈을 동그랗게 떴다.

"내 생각에는 몬스터들이 계획을 가지고 움직이는 것 같단 말이야."

재식은 미국에서 재앙급 몬스터 웨이브가 끝나고 나서 몬스터들이 다시 던전으로 되돌아가 무언가를 꾸몄다고 생각했다.

그러던 중에 영국 레딩의 던전을 조사하기 위해 영국과 독일의 헌터들이 연합해 조사하러 들어갔다.

몬스터들 역시 R—09 던전과 레딩의 던전이 연결되어 있는 사실을 모르고 있던 탓에 계획이 틀어져 조기에 밖으로 나간 것이었다.

그리고 다른 두 던전의 몬스터들 역시 R—09 던전에서 몬스터들이 쏟아져 나온 것에 동조하여 던전에서 빠져나왔다.

남은 세 던전 역시 앞의 던전과 공명해 몬스터들이 출현할 수도 있었지만, 예상보다 빠르게 몬스터들이 정리되어 무마된 거라 재식은 생각했다.

여기까지 자신의 생각을 이야기한 재식은 또 하나의 가정을 그들에게 말했다.

만약 몬스터의 지능이 몬스터 학자들이 생각하던 것 이상으로 높다라면, 어쩌면 몬스터들은 무턱대고 던전으로 돌아간 게 아닐 수도 있다고 말이다.

재식은 정말로 상상하지 못할 어떤 이유로 몬스터들이 던전으로 돌아가 때를 기다리고 있었는데, 헌터들의 갑작스러운 개입 때문에 다른 출구로 도망친 것이 아닌가 하는 이야기를 전했다.

"그럼 정말로 던전에 있던 몬스터들이 우리를 피해 도망쳤다는 거야?"

헨리 윈저 왕자는 도저히 믿기지 않는다는 표정으로 물었다.

도대체 제각기 떨어져 있는 몬스터들이 어떻게 알고 도망을 쳤다는 말인가.

그는 도저히 이해할 수가 없었다.

하지만 확실한 것은 재식의 생각이 허무맹랑하기만 한 이야기가 아니라는 점이었다.

10. 회담

던전의 입구는 마치 커다란 검은 거울 같았다.

입구가 천천히 출렁거리더니, 3m 크기의 검은 인형이 그 안에서 걸어 나왔다.

스윽─

던전 게이트에서 나온 인형은 잠시 자리에 멈춰 서서 주변을 살폈다.

마치 주변에 누군가 없나 눈치를 보는 것처럼 그 인형의 행동은 무척이나 조심스럽고 신중했다.

스르륵─

잠시 주변을 살피던 검은 인형은 갑자기 몸이 줄어들기

시작하더니, 190㎝ 정도의 장신의 사내로 변했다.

"역시나……."

재식은 마력을 펼치는 것은 물론이고, 마법까지 사용해 주변을 살펴보았다.

하지만 그의 예상대로 마력이나 마법으로도 주변 1㎞ 내에 어떤 몬스터도 포착할 수 없었다.

그리고 육안이 미치는 거리 내에도 아무것도 없었다.

그저 먹이를 찾아 헤매는 몇몇 동물들만이 포착될 뿐이었다.

"재식, 뭐 찾은 거라도 있어?"

언제 게이트에서 나왔는지, 흉켈이 다가와 물었다.

"아니. 아무 것도 없어. 느껴지는 것이라고는 동물들뿐이야."

"그래? 그런데 여긴 어디길래 동물밖에 없어."

저벅저벅.

"여긴 아프리카 대륙입니다."

흉켈을 따라 나온 마크 드웨인이 위성 지도를 확인하더니, 재식에게 다가와 현재 위치를 알려 주었다.

"하, 이건 뭐… 게이트를 짜고 만드는 것도 아니고. 무슨 각 대륙마다 하나씩은 연결되어 있네."

자신들이 나온 곳이 아프리카 대륙이란 소리에 흉켈이 작게 중얼거렸다.

그 말에 재식의 눈이 순간 커졌다.

'게이트를 짜고 만든다고? 설마 이게······.'

재식의 뇌리에 문득 떠오른 것은 바로 칸트라 차원의 절대자들과 계약한 지구의 관리자였다.

차원 게이트를 만드는 것은 칸트라 차원의 절대자들이겠지만, 그들은 지구의 좌표를 모를 것이 분명했다.

그럼에도 칸트라 차원에서 지구로 차원 게이트를 만들 수 있는 이유는 분명 지구의 관리자가 개입한 것일 터.

그렇지 않고서야 리오그란데에 나타난 열 개의 던전 중 여섯 개나 다른 대륙과 연결이 되어 있는 것을 설명할 수가 없었다.

우연으로 치부하기에는 너무나도 공교로웠다.

누군가 개입한 것은 분명했고, 유력한 용의자는 지구의 관리자뿐이었다.

지구의 차원 게이트에 이만큼 간섭할 수 있는 존재는 오직 신밖에 없기 때문이었다.

"정확하게 어디쯤이죠?"

재식은 마크 드웨인에게 자신들이 있는 곳이 정확히 어디인지를 물었다.

"음, 수단과 남수단, 그리고 중앙아프리카 공화국의 접경인 라덤 국립공원이라고 나옵니다."

마크 드웨인은 위성과 연결된 헌터 브레슬릿을 이용해 자신들의 위치를 확인하고 대답했다.

"그나저나 그 많은 몬스터들이 다 어디로 간 거지?"

몬스터들의 행방에 흉켈은 고개를 갸웃거리며 물었다.

하지만 재식 역시도 알지 못하기에 잠시 팔짱을 낀 채 고민했다.

"그러게… 오스트레일리아도 그렇고, 이곳 아프리카도 그렇고. 몬스터들이 숨을 만한 장소가 널려 있으니 찾기가 힘들겠군."

최소 이삼백 마리는 되는 수의 몬스터들이지만, 아프리카나 오스트레일리아 대륙에 숨었다면 헌터들로서는 찾기가 어려울 것이었다.

그것이 다른 대륙에 비해 면적이 가장 작은 오스트레일리아라고 해도 말이다.

아프리카 대륙은 대격변 초기, 던전 브레이크로 쏟아져 나온 몬스터들을 막지 못해 몬스터들의 왕국이 되어 버렸다.

그나마 남아프리카 공화국이 오래 버렸으나, 몰려드는 몬스터들에 의해 얼마 버티지 못하고 사라졌다.

다행히도 많은 피해를 입으며 완전히 몬스터들에 의해 점령당한 다른 아프리카 대륙의 나라들과는 달리, 남아프리카 공화국의 주민들은 유럽이나 남아메리카 대륙으로 대피할 수 있었다.

비교적 아프리카의 다른 나라보다는 부유한 덕이었다.

'음, 설마 여기에 그놈이 자리를 잡은 것인가?'

가만히 아프리카의 상황에 대해 생각하던 재식은 재앙급 몬스터 웨이브 당시 자신이 상대한 초월급 몬스터를 떠올렸다.

재앙급 몬스터 웨이브가 끝나기 직전, 몬스터들은 던전으로 다시 돌아갔다.

그중 자신이 상대한 초월급 몬스터가 들어간 것으로 추정되는 던전이 바로 방금 조사단이 나온 R—01 던전이었다.

"이봐, 무슨 생각을 그렇게 해?"

훙켈은 몇 번이나 불러도 대답하지 않는 재식의 어깨를 살짝 흔들었다.

"어? 잠시 생각할 게 있어서, 미안."

재식은 상념에서 빠져나와 훙켈을 바라보며 쓴웃음을 짓고는 말을 이었다.

"아무래도 이번 던전들은 네 말대로 누군가 개입한 거 같아."

"그게 무슨 소리야? 누가 개입을 해? 신?"

훙켈은 재식의 말에 눈을 동그랗게 떴다.

"자세한 이야기는 돌아가서 정부 관계자들과 이야기해 봐야 하겠지만, 음……."

재식은 이야기하다 말고 미간을 살짝 찡그렸다.

그의 머릿속은 갑작스레 떠오른 생각들이 정리되지 않아 온통 뒤죽박죽이었다.

그 때문에 조리 있게 설명하기 힘든 재식이었다.

＊　　　　＊　　　　＊

찰칵, 찰칵.

차차착―

번쩍―

많은 사람들이 카메라를 들고 촬영하고 있었다.

이들은 미국 내의 방송사나 신문사, 또는 인터넷 방송사에서 파견되어 온 기자들이었다.

간혹 다른 나라에서 파견된 이들도 보였다.

이처럼 많은 기자들이 모인 것은 백악관으로부터 중요한 발표가 있기 때문이었다.

백악관은 공식적으로 몇 달 전 미국 남부의 텍사스에서 발생한 재앙급 몬스터 웨이브의 종식을 선언하기로 하였다.

그 때문에 각 언론사들에서 급히 기자들을 파견했고, 이처럼 많은 이들이 한자리에 모이게 된 것이었다.

"대통령께서 입장하십니다. 모두 예의를 차려 주시기

바랍니다.”

사무관 한 명이 나와 기자들을 향해 소리쳤다.

그러자 조금 전까지 그렇게나 소란스럽던 장내가 갑자기 조용해졌다.

이는 강대국인 미국의 대통령을 향한 예의였다.

하지만 그것만 있는 것은 아니다.

그도 그럴 것이, 예전부터 미국은 소란 피우는 이들에게서 가차 없이 출입증을 빼앗고, 이후 백악관을 출입할 수 없게 만들었기 때문이다.

아무리 날카로운 기사로 정치인들을 초토화시키는 기자들이라도 이만한 특종을 놓치기에는 아쉬운 것인지, 조용히 지시를 따르는 모습이었다.

뚜벅뚜벅.

척.

편안한 발걸음으로 단상에 오른 그렌트 대통령은 잠시 자신을 주시하는 기자들을 쳐다보았다.

“반갑습니다.”

그러고는 긴장 가득한 기자들을 향해 방긋 미소를 지으며 인사했다.

그런 그의 모습에 기자들은 오늘 발표가 미국이나 정부에게 무척이나 좋은 뉴스일 거라 판단하고 눈을 반짝였다.

그렇지 않고서야 그가 저렇게 여유 있는 미소를 지으며

그들을 맞이할 이유가 없기 때문이었다.

"얼마 전, 리오그란데 유역에 있는 던전들 중 일부에서 몬스터들이 나온 것을 다들 알고 계실 겁니다."

그렌트 대통령은 여전히 여유로운 말투로 말을 이어 나갔다.

"당시 전투가 한창일 때 영국과 독일, 그리고 한국의 최정예 헌터들이 도움을 주어 막아 낼 수 있었습니다."

찰칵찰칵.

지금까지의 발표 내용은 이미 뉴스를 통해 잘 알려진 이야기였기에 기자들이 카메라로 촬영하는 것 말고는 특별한 반응은 없었다.

"정부는 던전에서 쏟아져 나온 몬스터를 정리했지만, 그렇다 하여 몬스터가 나오지 않은 남은 던전들을 좌시하지 않았습니다. 오히려 언제 터질지 모르는 불발탄이라 판단해 전 세계에서 최고의 헌터 전력을 가지고 있는 3개국과 긴급회의를 진행했습니다. 그리고 그 결과……."

그렌트 대통령은 단상 위에 놓인 음료를 들어 잠시 목을 축인 뒤 다시 이야기를 이어 갔다.

"조사단을 편성해 몬스터의 토벌과 던전의 조사를 의뢰하였습니다."

발표가 거듭될수록 기자들의 눈은 흥분으로 붉게 달아올랐다.

그도 그럴 것이, 대통령의 발표가 심상치 않았기 때문이다.

재앙급 몬스터 웨이브와 얼마 전 다시 벌어진 몬스터 웨이브.

두 웨이브에 등장한 몬스터들의 수준은 그 어떤 던전과 비교를 해도 비교 자체가 무안할 정도로 큰 차이가 있었다.

그런 몬스터 대란이 다시 한번 일어난다면, 분명 막아 내기 쉽지 않을 거라 생각하고 있던 그들이었다.

하지만 발표의 내용은 오히려 걱정을 가중시키기보다 오히려 기대를 하게 만드는 것이었다.

"그리고 그 결과, 모든 던전에는 더 이상 몬스터가 남아 있지 않게 되었습니다. 남아 있던 몬스터들은 저희 미국을 비롯한 4개국의 연합 조사단에 의해 토벌이 완료되었습니다."

그렌트 대통령은 그렇게 리오그란데 유역에 발생한 재앙급 몬스터 웨이브의 잔재를 말끔하게 소탕한 것을 기쁜 표정으로 발표했다.

"와!"

찰칵찰칵!

차차착—

번쩍번쩍—

이 자리에 있는 미국 국민들은 물론이고, 기자들 또한 환호했다.

지금껏 모두들 가슴 한편에 또다시 재앙급 몬스터 웨이브
가 일어날까 하는 두려움이 있었다.

하지만 지금 대통령의 발표로 인해서 더 이상 그러한 걱
정을 하지 않아도 된다는 것에 엄청난 환호를 내지른 것이
었다.

미국, 영국, 독일, 그리고 한국 이 4개국이 모여 몬스터
들을 모두 소탕했다고 하니 이보다 기쁠 수가 없었다.

한참을 환호하는 관중들이 진정하기를 기다린 그렌트 대
통령은 얼굴에 미소를 띠운 채 가만히 기다렸다.

흥분이 어느 정도 가라앉은 듯 보이자, 그렌트 대통령은
다시 발표를 이어갔다.

"리오그란데의 던전들은 저희에게 절망과 두려움을 안겨
주었습니다. 하지만……."

그렌트 대통령은 크게 숨을 들이마시며, 힘차게 말을 이
었다.

"이제는 새로운 역사가 이루어질 것입니다."

뜬금없는 말에 기자들은 모두 어리둥절한 표정으로 작게
중얼거렸다.

"응?"

"저게 무슨 소리야?"

"새로운 역사?"

의아해하는 기자들의 분위기를 그렌트 대통령은 눈치챘지만, 그는 아랑곳 않고 발표를 이어 나갔다.

"제가 하는 이야기에 의아해하는 사람도 많을 것입니다. 이해합니다. 하지만 제 말을 듣고 나시면 그 반응도 달라지겠죠. 먼저……."

그렌트 대통령은 차분히 설명했다.

그 내용은 길었지만, 요점을 이해한 기자들의 눈은 재앙급 몬스터가 재발하지 않게 먼저 몬스터들을 토벌했다고 발표를 했을 때보다 더 커졌다.

"아니 어떻게……."

"그게 정말이야?"

"말도 안 돼."

대통령에게 직접 듣고서도 도저히 믿을 수 없는 내용에 기자들은 혼란스러워했다.

장내는 이내 완전히 시장통이 되어 버렸다.

웅성웅성!

장내가 너무 소란스러워지자, 공보실장이 나서서 장내를 수습했다.

"진정들 해 주십시오! 아직 발표가 남아 있습니다!"

공보실장이 큰 목소리를 내며 기자들을 진정시키자, 그렌트 대통령은 그에게 작게 고개를 끄덕여 감사를 표했다.

"던전은 다른 지역과 연결된 곳도 있고 그렇지 않은 곳도 있었는데, 그중 몇몇은 아주 멀리 떨어진 대륙과도 연결되어 있었습니다."

"와!"

대격변 이후, 전 세계는 물류 대란을 겪었다.

자국에서 생산된 잉여 물자를 타국에 팔고 부족한 것을 수입해 가는 게 일반적인 무역이었다.

그리고 그 무역을 하기 위해서는 물자를 실을 비행기와 배의 존재는 필수였다.

하지만 대격변 이후 나타난 몬스터들에게 물자를 나르는 중 공격을 받는 일이 많아졌다.

자연스레 타국과의 교류는 점점 끊겨 갔고, 그렇지 않은 국가와의 교류에도 마치 중세 시대마냥 습격에 대비해 온 사방을 경계하며 물자를 날라야 했다.

그 때문에 물가가 천정부지로 오르는 것은 당연한 수순이었다.

일반적인 생활이 어려워지는 것은 물론, 특히나 식량의 문제가 인류에게 큰 위협으로 다가왔다.

대격변 전, 경제 대국으로 불리던 나라들은 자체적으로 식량 생산을 하지 않았다.

공업 생산력으로 돈을 벌어 낙후된 농업 생산국에게서 식량을 사와 배를 불리곤 했다.

하지만 이처럼 대격변 이후, 무역이 어려워지자 전세는 역전되었다.

당장 가전제품이나 기타 생활용품들은 사용하지 않더라도 생명에 지장이 없었다.

하지만 식량은 아니었다.

인간이라면 누구나 먹어야 살 수 있었다.

당연한 사실이었지만, 그 당연한 행위를 할 수 없는 이들이 생겨나기 시작했다.

돈이 있어도 먹을 식량을 구할 수가 없는 것이었다.

지금이야 국가 단위에서 대책을 세워 어느 정도 안정화되었지만, 식량 문제가 완전히 해결되었다고 보기에는 무리가 있었다.

때문에 국민들도 최대한 아끼며 생활하는 판국이었다.

이런 고난의 시대에 갑자기 세계를 연결하는 통로의 출현은 그 누구라도 열광하게 만들기에는 충분한 내용이었다.

"이에 4개국 정상들은 힘을 합쳐, 던전을 개발하기로 결정하였습니다."

"와아!"

찰칵찰칵.

차차착―

번쩍번쩍―

장내가 다시금 소란스러워졌지만, 놀람과 경악이 아닌 순수한 기쁨에 의한 소란이기에 대통령과 공보실장도 이를 제지하지 않았다.

오히려 흐뭇한 표정을 지으며 그런 기쁨을 같이 즐겼다.

이후에도 그렌트 대통령은 던전들에 대한 정보를 이야기했다.

던전들이 각기 어떤 대륙과 연결되어 있는지에 대한 이야기부터 시작하여, 이후 연결된 지역의 주변 정리 계획 등등을 말했다.

그러던 중 재앙급 몬스터 웨이브를 일으킨 몬스터 일부가 던전으로 돌아갔는데, 그중 일부가 반대편으로 빠져나간 사실에는 이전처럼 기쁜 모습만 보일 수가 없었다.

하지만 그 문제를 해결하기 위해 우선 국제기구를 만들고, 해당 지역의 국가와 합의를 통해 이후 계획을 결정하겠다는 대통령의 말을 듣고서 모두 고개를 끄덕였다.

물론 나중에 합의하게 될 국가는 기존 4개국과 맺은 합의 내용보다는 조금 불리하게 체결되겠지만, 이건 어쩔 수 없는 일이었다.

그게 국제 관계이기 때문이었다.

*　　　*　　　*

미국 백악관에서 발표한 율리시스 그렌트 대통령의 담화문은 미국은 물론이고, 전 세계에 커다란 충격을 안겨 주었다.

중요한 것은 그 충격이 부정적인 내용이 아닌, 인류에게 긍정적인 내용이라는 점이었다.

먼저 온 미국을 두려움에 떨게 한 재앙급 몬스터 웨이브가 종식되었다는 것과 그렇게 남은 던전으로 인해 다시금 지구촌이 될 수 있다는 소식은 정말이지 좋은 내용이었다.

하지만 도망친 몬스터들이 던전을 통해 다른 대륙으로 넘어갔다는 내용은 해당 국가와 국민들에게 부정적인 뉴스였다.

미국에서 생긴 재앙급 몬스터 웨이브의 여파가 자신들에게까지 미칠 것을 생각하면 당장에라도 피난길에 올라야 하지 않나 고민이 될 정도였으니 말이다.

하지만 그렌트 대통령이 뒤이어 말한 내용으로 인해 조금은 안심이 되었다.

그도 그럴 것이, 던전을 통한 세계 무역로를 조만간 조성할 것이란 내용이 흘러나왔기 때문이다.

비록 몬스터의 처리 문제가 남아 있기는 하지만, 세계 헌터 강국들 중 네 개 국가가 나서서 문제를 해결하겠다고 천명하였다.

그 네 개 국가 중에 대한민국이 있다는 것이 자연스레 재식을 떠올리게 만들었고, 백악관의 발표의 신빙성을 높였다.

뿐만 아니라 대한민국은 몬스터로부터 빼앗긴 땅을 다시수복한 유일한 나라였다.

거기에 자국의 헌터 전력을 타국으로 지원을 보내, 아직몬스터로부터 고통받고 있는 나라들에게 희망을 안기고 있었다.

그런 대한민국의 헌터들이 직접 나서는 것은 물론이고, 세계 최고의 헌터가 직접 그 문제에 참여하고 있다는 소식을 접했기에 뉴스를 접한 많은 사람들이 희망을 가졌다.

한편, 갑자기 고위 몬스터가 늘어난 것으로 골치를 앓고있던 나라들은 그렌트 대통령의 발표 이후 급하게 백악관으로 연락했다.

그들은 갑작스레 고위 몬스터들이 생겨난 원인도 파악하지 못한 채 속수무책으로 당하고 있었다.

그러던 중에 백악관의 발표를 듣고 그 원인이 이와 관련있는 게 아닐까 생각이 든 것이었다.

굳이 다른 세 국가가 아닌 미국에 연락한 것은 미국이4개국의 대표로 전면에 나서 이를 발표한 사실도 있지만,

애초에 미국은 과거부터 강대국이었고 현재도 헌터 강국이라는 사실 때문이었다.

물론 개중에는 헌터 전력이 여유가 있는 한국에 연락을 취한 나라도 있었다.

하지만 한국 정부로서는 주도권이 있는 것이 아니기에 슬쩍 발을 뺀 채 미국으로 연락을 전달했다.

*   *   *

넓은 회의장에 정장을 차려입은 다양한 인종의 사람들이 테이블을 사이에 둔 채 둘러앉아 회의를 진행하고 있었다.

테이블에는 미국, 영국, 독일, 그리고 한국 이렇게 네 국가의 대표들이 나누어 자리 잡았다.

이들이 모여 회의하고 있는 이유는 다름이 아니라, 그렌트 대통령이 발표한 것처럼 세계의 무역로의 개척을 위해 어느 곳을 우선적으로 정리할지에 대한 논의 때문이었다.

이 과정에서 미국이나 영국, 그리고 독일 세 국가는 우선 식량 문제가 가장 심각하니, 농장을 만들어 식량 생산이 가능한 남아메리카의 던전을 우선적으로 안정화시키자고 주장하였다.

처음 미국이 해당 주장을 내세웠고, 이해타산이 맞은 영국과 독일이 긍정적으로 검토해 찬성했다.

하지만 한국은 그 주장에 쉽게 고개를 끄덕일 수 없었다.

확실히 식량 확보는 중요했지만, 그것보다 나라 바로 위에 자리한 던전이 더욱 신경이 쓰인 것이었다.

R—05 던전과 연결된 던전은 다른 곳도 아니고 한국의 바로 위, 옛 동북삼성에 위치해 있다 보니 불안한 것은 당연했다.

몬스터로부터 북한 지역을 수복하고 개발한 지, 이제 겨우 1년이 조금 지났다.

여전히 많은 인원과 예산을 들이면서 개발을 진행 중이었다.

그런 와중에 헤이룽장성이 있는 지역의 던전에서 몬스터들이 나와 몬스터 웨이브를 일으킨다면, 한국의 입장에서는 그 피해가 이만저만이 아닐 터였다.

그런 이유로 식량 확보를 위해 R—06 던전과 연결된 남아메리카부터 정리를 시작하자는 주장에 반대하고 있었다.

"식량 확보도 중요하지만, 이번 프로젝트를 진행하는 네 개의 국가가 먼저 안정되어야 하지 않겠습니까? 만약 한국의 북쪽에 있는 몬스터들이 텍사스처럼 주변의 몬스터들을 규합하여 웨이브를 일으킨다면, 우리 한국은 프로젝트에 힘을 쏟을 수가 없습니다."

한국 대표로 나온 이낙훈 총리는 테이블에 둘러앉은 각국의 대표들을 보며 이야기하였다.

그런 이낙훈 총리의 설득이 통했는지, 조금 전까지 제임스 고든 국무 장관의 주장에 동조하던 영국과 독일 대표가 고개를 끄덕였다.

확실히 무역로 개척도 중요하지만, 이번 프로젝트 주체인 4개국의 안정이 가장 중요했다.

더욱이 이번 프로젝트에서 가장 중요한 역할을 할 나라는 바로 한국이었다.

미국이나 영국, 그리고 독일도 헌터 전력으로 지구를 통틀어 손에 꼽을 수 있는 나라였지만, 한국과 비교하면 한 수 접어줘야 했다.

뿐만 아니라 이번 프로젝트의 주목적은 풀려난 고위험 등급의 몬스터들을 처리하는 것이었다.

이와 같은 목적을 위해서는 몬스터를 처리할 막강한 헌터 전력이 필요했다.

영국과 독일, 그리고 미국은 대형 헌터 길드를 파견할 수 있었지만, 앞서 던전을 조사한 연합 조사단과 같은 전력을 유지할 수는 없었다.

영국의 경우에는 조사단의 주전력이 로열 가드였다.

하지만 로열 가드의 존재 의의는 영국 왕실의 안정이었다.

단순히 국가의 이익을 위해 이들을 외부로 파견하는 것은 존재 취지에 맞지 않은 것이었다.

더군다나 최근에 여왕을 따르는 연방국의 지원까지 나가느라 정신이 없는 상태.

독일 역시 영국과 별반 다를 바가 없었다.

비록 슈타예거가 로열 가드처럼 한 집단에 예속된 것이 아니라 국가 소속이었지만, 독일 내에도 고위험 등급의 몬스터들이 즐비해 있었다.

재앙급 몬스터가 언제 다시 나타날지 모르는 판국에 최고 전력을 외국에 계속 둘 수는 없었다.

더욱이 유럽에도 미국의 던전을 통해 고위험 등급의 몬스터들이 대량으로 넘어온 상태였다.

그 몬스터들이 언제 몬스터 웨이브를 일으킬지 모르기에 한국의 주장에 동조하는 것은 당연했다.

사실 독일의 대표 역시 한국의 대표, 이낙훈 총리가 한 말을 생각해 보지 않은 것은 아니었다.

하지만 몬스터들이 던전을 통해 나온 장소는 비교적 멀리 떨어져 있었다.

또한 독일도 현재 식량 문제가 심각하기에 먼저 이야기를 꺼낸 미국 대표의 주장을 받아들인 것이었다.

당장 몬스터들이 쳐들어오지 않을 거라는 막연한 생각이었다.

하지만 이낙훈 총리의 직접적인 언급에 다들 다시 한번 현 상황에 대해 생각하게 되었다.

확실히 영국이나 미국은 이미 위기를 마주해 해결을 본 상태였지만, 독일이나 한국의 위기는 아직 진행 중이었다.

그런 생각까지 하고 나니 이낙훈 총리의 주장에 손을 들어 줄 수밖에 없었다.

하지만 미국의 입장에서는 한국의 주장에 순순히 고개를 끄덕여 줄 수만은 없었다.

현재 미국은 식량 문제가 보통 심각한 게 아니었다.

대격변 이전, 미국이나 영국, 그리고 독일 이 세 국가의 식량자급률은 100%를 넘어서고 있었다.

그에 반해 한국의 경우는 고작 23% 정도에 지나지 않았다.

하지만 이러한 차이는 대격변이 벌어지면서 바뀌게 되었다.

넓은 땅으로 대단위 농업을 통해 자급률이 170%가 넘던 미국의 경우, 식량 생산지를 던전에서 쏟아진 몬스터들에게 상당 부분 빼앗겼다.

대단위 농업인만큼 인명 피해는 적은 반면, 식량 생산지를 잃어 식량이 부족해져 버린 것이었다.

이와 반대로 소규모의 농토를 지닌 한국은 몬스터로 인해 심각한 인구 감소를 겪어 식량자급률이 저절로 올라가게 되었다.

영국과 독일 역시 미국과 비슷한 처지기에 미국의 말에 솔깃한 것이었다.

그러던 중에 백악관에서 무역로를 개척할 수 있다고 발표했으니, 국민들의 관심이 모이는 것은 당연한 수순이었다.

그렇게 관심이 쏠린 무역로 개척이라는 안건을 다른 문제 때문에 지연하게 된다면, 그 불만이 걷잡을 수 없을 만큼 커질 터였다.

그렇다고 한국의 안전을 가볍게 치부하며 무시할 문제도 아니었기에 회의는 점점 더 길어져 갔다.

"식량 문제라면, 우리 측에서 어느 정도 도움을 드릴 수 있을 겁니다."

"아니, 어떻게 말입니까?"

"많지는 아니지만 조만간 수복한 북한 지역에서 생산되는 잉여 작물을 수출할 수 있게 될 테니 조금만 기다려 주시죠."

이낙훈 총리는 미리 준비한 내용을 들려주었다.

그도 식량 문제에 대해 각 국가의 반응을 당연히 예상하였기 때문이다.

재작년 수복한 북한 지역은 대부분이 사람의 발길이 닿지 않아 지력이 충만했다.

그래서 평양평야와 연백평야와 같은 곡창지대로 잘 알려진 지역에서 식량을 생산하기 시작했다.

다만 아직까진 무역로가 안정되지 않아, 인근 국가들에만 수출할 수밖에 없었다.

만약 헤이룽장성에 있는 던전을 확보해 안전을 확신할 수만 있다면, 미국, 영국, 독일은 물론이고, 유럽 전역에까지 식량을 수출할 수 있는 길이 열리는 것이나 다름없었다.

이낙훈 총리는 헤이룽장성에 있는 던전을 정리해 한국의 안전을 확보하는 것이 유럽의 식량 문제 해결책과 일맥상통한다는 것을 강조하며 회의를 주도해 갔다.

이 이야기를 들은 제임스 고든 국무 장관의 눈은 점점 커졌다.

설마 한국에 그렇게 많은 잉여 작물이 있을 거라고는 예상하지 못했기 때문이다.

물론 한국이 재작년 북한 지역을 수복한 사실은 알고 있었지만, 그곳에 도시와 공업단지를 건설하고 인구를 분산할 것이라 예상했다.

하지만 예상과는 달리 식량을 생산하고 있다는 말에 귀가

솔깃해진 것이다.

"그게 정말입니까?"

"네. 북한 지역은 몬스터로 인해 수십 년간 인간의 발길이 끊기면서 상당히 기름져 있었습니다. 더욱이 곡창지대로 알려진 지역에서는 정재식 헌터의 도움으로 예상보다 많은 식량 생산을 할 수 있었습니다."

"아!"

이야기를 듣고 있던 세 국가의 대표들은 또다시 거론된 재식의 이름에 감탄했다.

그의 도움으로 더욱 많은 식량을 생산하고 있다는 소리에 놀랄 수밖에 없던 것이었다.

지금까지 알려진 업적만으로도 헌터로서는 물론이고, 아티팩트 제작자로서도 이름을 날리지 않았는가.

그런데 모국의 식량 생산량 증대에도 기여하고 있었다니.

"만약 헤이룽장성에 있는 던전을 확보하고 그 주변을 정리할 수만 있다면, 저희가 보유하고 있는 잉여 작물뿐만 아니라 더 많은 식량을 공급할 수 있습니다. 지금 당장은 던전 주변이 황폐하지만, 정재식 헌터의 도움만 받을 수 있다면 그 주변도 충분히 식량을 생산할 수 있을 겁니다."

제임스 고든 국무 장관은 말없이 생각에 잠겼다.

이낙훈 총리가 굳이 재식의 이름을 팔아 가면서까지 헤이룽장성에 위치한 던전 주변을 먼저 정리하자고 촉구하는 이유가 무엇일지를 말이다.

한참을 고심하던 그는 입을 열었다.

"솔직히 북한 지역을 수복하고 현재 얼마나 많은 식량을 확보하고 있는지는 알 수 없지만, 한국 대표의 말도 일리가 있습니다. 우리 4개국이 우선적으로 안전해야 모든 역량을 프로젝트에 쏟을 수 있다는 그 말에 저도 깊이 공감하고 있습니다."

제임스 고든 국무 장관은 이낙훈 총리의 이야기에 수긍하겠다는 대답을 장황하게 풀어놓았다.

그러면서 마지막에는 조건 하나를 걸었다.

"대몬스터 병기의 경매에서 저희 3국을 우선 선정해 주시기 바랍니다."

"그건…….."

이낙훈 총리는 그의 조건에 심각한 표정을 지었다.

그도 그럴 것이, 그 문제는 자신이나 한국 정부에서 손을 댈 수 없는 문제였다.

이미 헌터 협회나 길드의 문제는 정부의 손에서 떠났기 때문이다.

하지만 이 자리에서 그것을 언급했다가는 자칫 프로젝트에서 발언권이 약해질 수도 있기에 이를 쉽게 이야기할 수가 없었다.

"…알겠습니다. 제가 정재식 헌터에게 이야기해 보겠습니다. 하지만 정재식 헌터에게 명령할 권한은 정부에 없습니다. 말 그대로 부탁이니, 우리도 무언가 그에게 반대급부를 줘야 할 것입니다."

이낙훈 총리는 대답하면서도 솔직히 재식이 자신의 부탁을 들어줄 것이라고는 생각지 않았다.

국익과 연관되어 있는 큰일이지만, 그동안 그가 보아 온 재식의 행보는 언제나 자신의 이익이 우선이었다.

다른 한국의 정치인 역시 이낙훈 총리와 비슷한 생각을 가지고 있었다.

재식은 국익보다 자신이 이익이 우선인 헌터라고.

하지만 그들은 한 가지 사실을 간과하고 있었다.

재식이 그렇게 되기까지 정치인이나 재벌, 그리고 대형 길드가 그동안 국민들과 능력이 부족한 헌터들에게 어떤 대우를 했는지를 말이다.

그들은 권력과 돈을 위해 국가의 근간이라 할 수 있는 국민과 자신의 목숨을 내걸고 몬스터를 상대하던 헌터들을 그저 소모품으로만 취급해 왔다.

그 때문에 재식은 자신이 능력을 가지게 되었을 때, 위정자들이 해 온 것처럼 철저하게 자신과 자신의 품에 있는 사람들에게만 가진 것을 베풀었다.

스스로가 저질러 온 만행을 고려하지 않는 그들이 보기에는 재식이 국익보다 개인의 사익을 우선시하는 것처럼 보일 뿐이었다.

〈『헌터 레볼루션』 14권으로 계속…〉